時空探訪奇譚集

鈴木康央 著

ヌース出版

表紙イラスト　©PIXTA
表紙デザイン：フォルトゥーナ書房

時空探訪・奇譚集　目次

名曲奇譚

超短奇譚

時空探訪・奇譚集　目次

名曲奇譚

第1話　「月光の曲」

一八〇一年、ウィーンのある春の宵、酒場でワインを心地よい量にさらに二杯追加してからL・V・ベートーヴェンは家路についた。酔った頭に夜風は爽快である。冬とは違って風邪をひく心配もなかろうと、途中で道を外して歩き出した。二十分も歩くともう郊外に出て、昼間なら緑が視界を占める田園の中である。こんな時間にここを散歩する人間など他に誰もいない。しかしここら辺りは日中よく訪れる思索と創造の散策道なので、ベートーヴェンには馴染みの場所であった。

酔いの勢いもあって、自作のリートを腕を振り回しながら歌い上げる。この頃一段と聴覚が弱まっていたので、自ずと声も大きくなった。驚いた蛙の合唱団が一斉に沈黙しても、彼は感知しなかった。メロディーが途中から創作中の新しいものへと変わり、さらにそこから幾つもの変奏曲へと発展していった。

ふと誰かに上から見られているような気がしたので天を仰いでみると、丁度頭の上に大きな満月が出ていた。と、周りに星が一つもないことに気がついた。そうだ、酒場に入る前は雨が降っていたんだ。よく見ると空は一面厚い雲に覆われていた。とするとあの月は・・・。

正にその問いに答えるかのように、その時月がゆっくりと回転し始めた。位置はそのままで反時計回りに回っている。やがてその円周上に三点、黄と緑と青の光点が現れ、その回転に合わせてそれぞれがリズミカルに明滅し始めた。

驚異の目で見上げていたベートーヴェンだったが、次第に表情もやわらぎ、再び彼の口から新たな旋律が流れ出した。回転する月の三つの光が、彼の頭の中で三連音の音楽に転換されていたのだ。それに乗せて魂の旋律がアダージョで奏でられる。

離れた所から見れば、それは月に憑かれた狂人の姿であったかもしれない。今や恍惚とした表情で月を見上げ、全身を揺さぶりながら大声でメロディーを唱えるベートーヴェンのシルエットである。

十分余り続いたであろうか。いきなりその満月は回転を止め、同時に三つの光も消えた。それに合わせてベートーヴェンの声も已んだ。微動だにしない草木と月、深海のような一面の静謐。

それから数十秒後、満月が静寂の中で徐々に白く輝き始めた。その光は凄まじいもので、辺りはまるで真昼のような明るさとなった。けれどもその光には熱が伴っていない。むしろひんやりとした寒さを感じた。

ベートーヴェンがその眩しさに我慢できなくなる一歩手前のところで、満月は飛び去ってしまった。あっと言う間に中天からさらに高く垂直に昇りつめ、天の闇の中へと消えてしまったのである。あとはいつも通りの田園の春の夜であった。

しばらく呆然と立ち尽くしていたベートーヴェンだが、急に腹の底から笑いがこみあげてきた。ひと声ハッと発すると、もう堰を切ったように笑いが止まらなくなった。田園の夜風にベートーヴェンの豪快な笑い声が鳴り響いた。

帰宅後、ベートーヴェンは一気に一つの幻想風ピアノソナタを書き上げた。

第2話　「蚤の歌」

大好きなブランデーを――彼は七杯目だと思っているが実は九杯目――呷りながら愚痴をこぼしていた。

「チャイコフスキーのくそったれめが、俺の自信作を『粗野』だとか『悪趣味』だとかぬかしよって・・・お陰で世間の評価も下がって予定の公演回数も半減してしまったではないか」

自信作の「禿山の一夜」が好評を得れば、今ここにはもっと上等なブランデーと、肴にキャビアくらいは並んでいるところであろうに。ところが今を時めくチャイコフスキーのふと漏らしたコメントがために評判はがた落ち、ピーナッツを齧りながら安物のブランデーで舌をだましている。さて十杯目であろうか十一杯目であろうか、面倒くさいので瓶ごとラッパ飲みして、いつ空になったか知らぬ間に床に寝転がっていた。


一八三九年に下級貴族の家に生を得たムソルグスキーは、後に陸軍士官となった。そして退役後は郵政省や大蔵省に勤めたけれども、すでにアルコール依存の症状が顕になっており、勤務続行は不可能。その後はいわゆる「ロシア五人組」のひとりとして、リムスキー・コルサコフやバラキレフらと作曲技術を研磨しあい、また経済的にも助け合うことになった。しかしムソルグスキーの酒量は増える一方で、ついには昼間からでも酒瓶を片手にするようになった。

そんなある日、ムソルグスキーは半酔状態で公園の木陰のベンチに腰掛けていた。初夏の陽気に誘われて出向いてきたのだが、世間一般の人々は労働に精出す時間帯なので、公園の中は殆んど人がいなかった。それで彼は自分の庭のようにその空間を占領していた。右手のウィスキーの瓶の中はもう残り四分の一程度になっていた。頭の中では常に音楽が鳴っていた。先達のバッハやモーツァルト、ベートーヴェンらが残した名曲、それに自分の作った曲も重なり合って聞こえることもあった。そうしているうちにまた新たな楽想が浮かんできて発展させていくのであった。

　さてウィスキーも空いてしまったことだし、そろそろ帰ろうかと腰を上げかけた時だった。耳元で囁く声がした。

「ムソルグスキーさん、私をそばにおいてください」

ギョッとしてあたりを見回したが、人はもちろん犬の子一匹いない。そっと耳を澄ましてみる。一分ほどガードを固めたボクサーのような姿勢をとっていたが何も聞こえてこない。

「やれやれ、ついに酒が耳に来ちまったか」

と首を数回振った時、また囁きがあった。

「私はここです。ここにいます。でもあなたには見えません」

バネ仕掛けの人形のようにムソルグスキーの背筋が伸び、自分でもびっくりするほどの大声が出た。

「ぐわっ！　だ、誰だ?」

あちこち跳ね回って頭や手足を叩きながらワーワー叫び続ける。

「落ち着いてくださいい、ムソルグスキーさん」

また聞こえた。アルコールたっぷりの状態で跳ね回ったからだは、そのままベンチの上に倒れこんでしまった。

「大丈夫ですか、落ち着いてください、怖がらないで」

耳元の何も無い空間から発せられるその声に、ムソルグスキーはもはや荒々しい呼吸で答えるしかなかった。

　しばらく沈黙があった後。

「私は木の精です。姿はありません。けれどもあなたの頭の中で鳴っている音楽をともに体験することができます。

あなたは素晴らしい音楽家です。そこでお願いしたいのです。私をあなたのそばに置いて音楽をいっぱい聴かせてください」

はっきりとそう言うのが聞こえた。それで彼は確信した。酒のせいでついに精神がいかれてしまったのだと。するとそれに答えるかのようにその声が言った。

「幻聴ではありません。私は本当に木の精なのです」

ムソルグスキーは虚ろな目で頭を叩いたり振ったりするだけである。そこで少し間があって、また声。

「わかりました、仕方ありません。信じてもらえるように形を取りましょう。そして私を連れて帰ってください」

まだ口をパクパクさせているムソルグスキーの手の甲に、かすかに触れるものがあった。見ると蚤が一匹、彼の手の甲に乗っかっていた。慌てて払い除けようとすると、

「待ってください、私です」

と、確かにその蚤の方から声が聞こえてきた。ムソルグスキーはもう叫び声をあげる力もなく、ため息をつくばかりであった。

「私です。潰したりしないでください」

ややあって、やっと話せるようになったムソルグスキーは手を目の高さまで持ち上げ、目を大きく見開いて蚤を見つめながら言った。

「本当にお前なのか。お前が話しているのか」

「そうです、私です。近くにいたのでこの蚤のからだを借りることにしました。これで私の存在を信じてもらえるでしょう。でもこの魔法は一度しか使えないのです。つまり私はこれからずっとこの蚤に宿っていなければならないのです」

ムソルグスキーの呼吸もようやく正常になった。もっとも頭の中ではあちこちでショートして火花を散らしていたけ

れども。

「木の精が一体なぜ俺に・・・」

「あなたの音楽をいつも聴いていたいのです。あなたがこの公園にいらっしゃる度に私はあなたの音楽を聴いていました。私を連れて帰ってそばに置いてください。そして素敵な音楽をいっぱい聴かせてください」

目をむいて自分の手に話しかけるムソルグスキー。その姿は十分に警察か病院に一報するに値するものであった。

蚤（木の精）は、どうやら直接ムソルグスキーの脳と心、魂に話しかけてくるらしい。また彼の方も、実際に声に出さずとも口の中でもごもご言うだけで十分に彼女（木の精に男も女もないようだが、その声と話し方からムソルグスキーはそれに女性を与えた）に伝わるようだ。

「お前に仲間はいないのか」

「たくさんいますよ。でも一本の木に一人というものではありません。一本の木にたくさん宿ることもありますし、何本かの木を一人が担うこともあります」

「どういうことだ」

「例えば、挿し木を想像してみてください。新しく出た株は元の木と同じ生命なのでしょうか、それとも新たな生命なのでしょうか。・・・木の精は数える名詞ではないのです」

よくわからぬままだが、こういう会話はムソルグスキーに遠い過去、幼い頃の母との会話を彷彿させるものがあった。ほんのりと薄くではあるが、彼の心を春先の暖かい色に染めるのであった。

それから数分ほど蚤とお喋りして公園を後にしたムソルグスキーは、手に空いたウィスキーの瓶を大事そうに持って、時折中を確かめるように覗きながら我が家へと向かった。

ムソルグスキーの酒は相変わらず続いていたが、今は瓶の中の蚤に語りかけることができた。悩みや愚痴を聞いてもらえた。つまり彼は孤独ではなくなったのである。これまで嫉妬や劣等感のために内へ沈みがちであったのが、外へ、即ち創作意欲を高める方向へと向いていったのである。実際この頃から多くの作品が生み出されていった。

そんなある日、彼の数少ない友人の一人であった建築家ヴィクトル・ハルトマンが急死してしまった。ムソルグスキーは何日も悲嘆にくれていたが、その故人の遺作である設計図や絵画などが展示されることになった。ムソルグスキーはこの展覧会で故人を偲んでの帰宅後、蚤との会話の中で音楽的なある大きなヒントを得た。こうして短期間のうちにピアノ組曲「展覧会の絵」が完成された。この曲は後にラヴェルによって管弦楽曲に編曲され、より一般に親しまれるものとなった。


今や瓶の中の小さな恋人は彼にとって欠かせぬ存在となっていた。その時たまたま読んでいたゲーテの「ファウスト」第一部に出てくるメフィストフェレスの歌が、彼の食指を動かした。ゲーテが当時のザクセン国の宮廷に対して歌った皮肉と哄笑が、ムソルグスキーには丁度その時代のロシアへの鋭い風刺と読み取れたのであろう。くしくもそれは「蚤の歌」であった。彼は早速この詩を短い歌曲に仕上げて小さな恋人に献呈した。

ムソルグスキーは自らメフィストフェレスに扮して、瓶の前で陽気に踊りながら「蚤の歌」を歌って聞かせる。

「・・・蚤、蚤、ハハハ・・・蚤?　へへへ、蚤、ハハハ・・・」

ベートーヴェンやワグナーもこのテキストに付曲しているが、この「ハハハ、へへへ」という笑い声はムソルグスキーのオリジナル。瓶の中の恋人を見つめながら作曲しているうちに、ごく自然に発案されたのであろう。

瓶の中でも、ムソルグスキーの笑いと踊りに合わせるかのように、蚤の連続ジャンプが線香花火のように飛び散った。

歌は次第に即興のものとなって・・・

「蚤ちゃん、蚤ちゃん、飲みちゃん。今日のご機嫌はいかがかな」

「ハイ、ハイ、最高。気分はタカタカ、高い天を泳いでいるわ。わたしは『木の精』、『気の所為』じゃないわ。フフフ」

「ハハハ、蚤、蚤、蚤・・・かわいい蚤よ」

「ねえ、今度はどんな曲を作ってくれるのかしら」

「うーん、それは俺のみ知るところ、ハハハ。蚤のバレエなんて、いかがかな？　ピョーン、ピョーン、舞台狭しと飛び回れ・・・フリージャンプだ、ハハハ」

その日は週に一度家政婦が部屋の掃除に来る日であった。ムソルグスキーは朝早くから出かけていた。ところでいつもの家政婦が体調を崩して、その日は代理の初めての家政婦がやって来た。彼女はとても清潔好きで、整理整頓を得意とする申し分のない家政婦だった。

夜遅く、外で数杯ひっかけて帰って来たムソルグスキーは、すぐにいつものように小さな恋人に話しかけた。しかし、彼の目の前のウィスキー瓶はきれいに洗い流されてピカピカに光っていた。

近隣に轟く慟哭が続いた後、彼の部屋からは物音ひとつ聞こえなくなった。部屋にあったブランデーを一本一気飲みした直後に倒れ、そのまま絶命してしまったのだった。ムソルグスキー、四十二歳の誕生日を迎えた数日後のことであった。

第3話 「ヴァイオリン協奏曲第八番」

ある晩秋の逢魔が時、ウィーンのとあるアパートの一室からヴァイオリンの調べが流れている。その繊細にして大胆な楽想と超人的なテクニック、世界中探したって彼の他にいるわけがない。

ニコロ・パガニーニ、一七八二年イタリアのジェノヴァ生まれ。幼少の頃よりヴァイオリンの神童と謳われ、自ら作曲した作品は当人以外は演奏不可能と思われたほどの超絶技巧を要するものであった。その「神の手」はまた「悪魔の手」とも言われた。近年パガニーニを研究している医学関係者たちも、彼が関節過伸展症であった可能性が高いと指摘している。関節過伸展症とは、遺伝的な染色体の異常によって文字通り関節が伸び過ぎる症状で、彼の左手の親指は難なく手の甲にくっつけることができ、同一ポジションのまま三オクターブ弾きこなせたという。

また肖像画や文献から察して、その容貌も鷲鼻、突起した顎、窪んだ眼窩と、かなり特異なものであったようだ。さらに彼は演奏中肩までかかる長髪を振り乱しながら、長身をゆらゆらと陽炎のようにスウィングさせながら弾いていた。黒い燕尾服に包まれたその姿は正に「悪魔」であったろう。

パガニーニには遊蕩と賭博癖があった。そのため正妻にも愛人にも逃げられ、その後はヴァイオリン一挺を携えてベルリンやウィーン、パリ、ロンドンとヨーロッパ中を一人遍歴していた。行く先で演奏会を開いては一夜にして多額の報酬を手にした。しかしその金もまた一夜にして酒と博打で消えることも度々であった。けれども寝床さえあれば――時には一夜の愛人とともに――どんな地であれ、何の不自由も不満もない人生を享楽していた。

しかしながら、そんなパガニーニにもただ一つ気になることがあった。それは一人息子のアキレのことである。逃げた細君には何の未練もなかったが、幼い、かわいい盛りの息子の面影は脳裡に焼きついて離れなかった。そして丁度今のように、軽く自作のおさらいをしてベッドに腰掛けて一息ついたような時に、その面影が鮮明に浮かび上がってくるのであった。

「アキレはどうしているかな」

思わず溜息とともにつぶやいた。するとあたかもそれが合図であったかのように、まだ灯りをつけていない薄暮の部屋の空気が一瞬揺れ動いたのを、パガニーニは確かに感じ取った。何かが部屋の中に入ってきた気配であった。ドアも窓も閉まったままなのだが、部屋の中の空気が何モノかで重く感じられた。

壁に掛かっている鏡に目をやると、半ば闇に溶けた自分の顔がこちらを見て笑っていた。と、いきなりその顔が鏡からぬうっと出て来て、そのまま肩、腕、そして胴から足の先までずるずると抜け出した。

さて今パガニーニの前に立っているこの男、普通の人間であるわけがない。実はこいつ、西洋では昔からお馴染みの――と言ってもその姿を実際に見たことのある人間はごく少数であろうが――悪魔であった。

なるほどパガニーニとかなり似ている。頭部の骨格など殆んど同形と言ってもよい。悪魔の耳や鼻は結構特徴的なのだが、パガニーニのも遜色ない。ただ流石に口は悪魔の方が大きく裂けている。けれども全身の様子、手足と特に指の長いところなどまるで同族のようである。それにこの悪魔には、よく絵画に見られるそのシンボルとなっている角も尻尾も生えていない。この点については後に悪魔自身が次のように説明している。

「あれは人間が自己防衛と言うか、体裁を保つために考え出したものですよ。もし悪魔に角と尻尾をつけなければ、自分たちとまるで変わるところがないと思ったからでしょう」

ところでパガニーニはというと、鏡から抜け出てきて自分の目の前にぬうっと立ち、愛想笑いを浮かべている男をまさか友の来訪だとは思っていない。当然驚きはしたが、狼狽するようなことはなかった。警戒することもなく、むしろ興味ある目で観察していた。

「今晩は、パガニーニさん。突然お邪魔してすみません。しかしさすがマエストロ、一芸に秀でたお方はやはり違う。動転されることもなく・・・いやご立派なもんです。これで私も安心して名乗れます。私は悪魔です」

悪魔はそう言うと少し頭を傾けた。それは会釈したようにも見えたが、単にパガニーニの様子を窺っただけかもしれない。

　パガニーニは「悪魔」という言葉も平然と受け止めた。そしてしばらく観察してから言った。

「なるほど、悪魔か・・・で、俺に何の用だ」

悪魔はニッと笑って答えた。

「はい、あなたのお望みを叶えて差し上げようと思って参りました」

「俺の望み？」

「はい、アキレとおっしゃいましたか、御子息さん。お会いになりたいのでしょう」

アキレと聞くやパガニーニは身を乗り出した。

「アキレをここへ連れて来られるのか」

「いえ、そうじゃありません。私が御子息に成り変わってあなたのおそばにいようというのです」

「何だと、お前がアキレになる！？　バカな、お前などアキレと似ても似つかぬわ。アキレはまだこんな小さい子どもだぞ。とてもかわいい子なんだ」

「わかっております。天下のパガニーニも意外と子煩悩なんですね。でもご心配いりません。そっくり完全に化けてご覧にいれます。悪魔にとってはそんなのお茶の子さいさい、何でもないことなんで」

悪魔はそう言いながら一歩近づき、パガニーニの脇から話しかける姿勢をとった。

「ほんの数十秒で出来上がります」

「フン、仮にそっくりだとしても、悪魔が化けているとわかっていてどうして心からかわいがれるものか」

「お言葉ですが、それはダンナの気持ちの持ちようだと思うんですがね。私は完璧にアキレになります。容姿も声も話し方も完全にです。癖だって真似てみせましょう。どこから見てもアキレです。なのにそこに悪魔を見ようとするのなら、失礼ながらそれはダンナの誠意が足りないということになりますぜ」

「何だと！」

「だってそうでしょう。現実に見える愛しいものからわざと目を背けて、実際には見えない嫌悪するものを無理に見ようとする。そして自ら感興を削いでおきながら自分は理性的な人間だと思いたがる。誠意とは正直に自分の愛するものを愛することなのでは・・・」

「こいつ、屁理屈を」

「まあ実際にご覧になれば心を動かされざるを得なくなりますよ」

そう言って悪魔はまたニッと笑ってみせた。

　パガニーニは悪魔を観察しながらゆっくりとそのまわりを一周した。

「お前の狙いは何だ」

「は？」

「とぼけるな。お前の目的は何なのだ。悪魔が人助けにわざわざやって来たわけじゃあるまい」

パガニーニの刺すような視線に、悪魔は幾分照れ臭そうな表情をして答えた。

「はい、実はですな、ダンナに作曲してもらいたいのです。・・・我々の大王サタン様に奉納する曲を一つ作って頂きたいんです」

「サタンに奉納？」

「ええ、サタン様がダンナの音楽に惚れ込んでしまいましてね。だいたいヴァイオリンの音色というのは、どういうわけか何にもまして我々悪魔族の魂をくすぐるんですよ。ぴったり波長が合うというか、妙に魅せられるんで。特にダンナの曲は凄い。悪魔の度肝を抜く力がある。大王様も大いに気に入られて、何とか自分のために一曲と所望されましてね。それで参りましたわけで」

パガニーニはこれを聞いて快活に笑った。

「そりゃけっさくだ。俺の曲が悪魔にも人気があるとはな。サタンから作曲依頼か」

「さようで。完成した楽譜を頂いてサタン様に届けるのが私の役目。ダンナへの報酬として、曲が完成するまで私が愛しいアキレとなってダンナの傍にいる。いかがでしょう。いい取り引きだと思いますがね」

「曲の形式は？」

「それはダンナにお任せします。…どうでしょう、お得意の協奏曲なんかは。次で第八番ということになりますかね」

「協奏曲となると時間がかかるが」

「構いませんとも。別に急ぐことはありません。我々悪魔の時間の流れは人間よりもずっとゆったりとしたものなんで。それにダンナも少しでも長く坊っちゃんといられる方がよろしいのでは」

「まだ承諾した覚えはないぞ」

　パガニーニという人間は、元来深刻に考え込むことなく実行優先で試行錯誤していくタイプであったが、今はさすがに即座の決断はできなかった。小さい円を描いてぐるぐる歩き回っている。

　数分間悪魔も黙ってその様子を眺めていたが、ついに口を切った。

「ではダンナ、もう一つとっておきの報酬をお付けいたしましょう」

パガニーニの足が止まった。すかさず悪魔が告げた。

「あなたの身も魂も不滅のものとする、というのはいかがで」

「何だと?!」

これにはパガニーニも驚いた。身も魂も不滅ということは即ち不死、永遠の生を得ることではないか。古代より人類の究極の願望である。それを手に入れられるというのか。

「それは本当の話か」

「もちろんです。悪魔は嘘は申しません。これで承諾して頂けますか」

パガニーニは慌てるなとばかり左手を差し出し、右手を額に当てて再考した。悪魔はすでに確信したように微笑んでいる。

「よし、契約を確認しておこう。書類にサインでもするのか」

「いえいえ、ダンナも私も正直者ですからそんなもの要らんでしょう。・・・まず私がアキレに変身します。これによって契約の開始となります。ダンナはそれから何日かかっても結構、一曲協奏曲を我らが大王のために作曲する。そして・・・」

「待て」

パガニーニが割って入った。

「何をもって完成とする?　楽譜の完成か、それとも演奏をもってか」

「そうですね、音楽は実際に音にならんとわからないでしょうから、演奏をもってということにしましょう。ただし演奏会は一度だけです。その後完成した楽譜は私が頂きます。よろしいですな」

「いいだろう。協奏曲第八番は幻の曲となるわけだな」

「そういうことで。で、私は楽譜と引き換えにダンナに不滅の身と不滅の魂を与えます。それで契約終了。私は悪魔界へ帰って、さよならです」

そう言って悪魔はお得意のニッという笑いをまた見せた。

「くどいようだが、本物のアキレと瓜二つなんだろうな」

悪魔は大きく肯くと無造作に床の上に胡坐をかいて、手指を妙な具合に絡み合わせて静かに言った。

「ではダンナ、目をつぶってアキレのことを思ってください。できるだけ細かいところまで頭の中に描いてみてください」

パガニーニは何か言いかけたが止めて、悪魔の注文に従った。アキレを抱き上げておしゃべりしていた時のことを鮮明に思い描いた。

　するとどうだろう。悪魔のからだがまるで粘土のようにぐにょぐにょした塊となり、次にそこから棒状のものが何本かぬっと伸びてきて、やがてそれぞれが手となり足となり、首が形づくられて・・・アキレになった。

「おお、アキレ！」

目を開けたパガニーニは愛息アキレを見て思わず抱きしめようとした。が、寸前で立ち止まった。そして灯りを点し、職人が自分の作品を点検するような目で凝視しながらその周りを回った。

「パパ、僕だよ、アキレだよ」

声もまちがいなかった。

　パガニーニと悪魔は、いや、父と子はしばらく見つめ合った。と、互いの気が合った瞬間、父は数年ぶりに我が子を抱きしめた。

一週間後。その日の演奏会も大盛況であった。大金を手にしたパガニーニはその夜酒場にいた。いつものことである。酒瓶とグラスがいっぱい立ったテーブルでカード賭博が行われていた。パガニーニはその中心に座って、大笑いと怒声を発している。右手にワインの瓶、左手はまるで奇術師のように巧みにカードを繰っている。ヴァイオリンの運指に似ていなくもない。

アキレは酒場の一角で父が帰り支度するまで――おそらく明け方になるだろうが――できるだけゆっくりと食事をとっていた。手の空いた女給たちが交代で彼のお相手をした。彼女たちにしても、飲んだくれどもを相手にするよりもアキレと話している方が楽しかった。この幼い子の会話術は卓越しており、話題も豊富であった。それにこの子には普通の子どもにはない不思議な魅力があった。

騒動が起こったのは夜半過ぎであった。突如テーブルがひっくり返され、激しくガラスの割れる音がしたのと、そこにいた男たちが取っ組み合いを始めたのは同時だった。びっくりして見つめるアキレの視線の先で、パガニーニがひとりの男の鼻に拳を喰らわせていた。女給たちの悲鳴に交じって「このイカサマ野郎」だとか「汚いまねしやがって」だとか罵声が飛び交った。次第にその輪が大きくなっていき、ついには十人余りの大立ち回りとなった。

アキレも初めは面白そうに眺めていたのだが、ひとりの小男がパガニーニの背後からその後頭部に酒瓶を打ち込もうとするのを目撃するや、咄嗟に妙なことをした。両手の人差し指を鼻の先で交差させて、それにフッと息を吹きかけたのである。すると酒瓶を持った小男は急に右へ方向転換して、彼の仲間とみられる男の側頭部へと瓶を打ちおろしたのである。鈍い音とともに鮮血が飛び、男は倒れた。殴った小男も、一瞬呆然と立ちすくんだところへパガニーニのパンチをもろに顎に受けて吹っ飛んだ。そしてまた大乱闘が続いた。

十分後に警官たちがやって来て、全員を留置場へと連行していった。中には完全に気を失っている者もいた。

パガニーニも留置場の一つの檻の中に入れられたが、著名人であるためかその檻は彼独りだった。それに愛用のヴァイオリンも手元に置かれていた。頑丈なケースに入っていたので本体は無事であったが、弦が一本切れていた。彼自身は左目の下に隈ができていたものの、大切な手指は大丈夫のようである。これも関節過伸展症のおかげであろうか。常人ならば骨折していてもおかしくないくらいの衝撃を受けた筈であったが。

その明け方、彼の檻から甘い調べが流れてきた。注意に向かった看守もそのあまりに魅惑的な音色に思わず足を止め、そのまま佇んで聴き入った。

ピッチカートによるトレモロの通奏の中を、澄んだレガートが優美に上昇下降を繰り返す。それは気まぐれな天使の悪戯を表現しているようにも、また悪魔の嘲笑のようにも聞こえた。

看守には、これが一本弦の足りないヴァイオリンで演奏されているなどとは思いもよらぬことであった。

それから数か月後、パガニーニの新作、ヴァイオリン協奏曲第八番が発表される日。

「ではアキレ、行ってくるよ。遅くなると思うから先に寝ていなさい」

パガニーニは苦味の強いコーヒーを飲み終えると、愛用のヴァイオリンを抱えて演奏会場へと向かった。アキレは父を見送るとそのままベッドに横になった。目を閉じて腕を胸の上で交差させると、ゆったりとした深い呼吸を始めた。何かを待っている時のような静寂が訪れた。

演奏会場。人間技とは思えぬその指捌きを一目見ようと、彼の演奏会は常時満席。特に今夜のように新作発表がプログラムにあったりすると、もう会場は立見の客たちの人いきれに包まれていた。

準備の整ったオーケストラの前にパガニーニが登場した。割れんばかりの拍手。お辞儀一つまでもが、観客の目には何か特異な別世界の人間の儀式のように映るのであった。特に若い女性客はこの感覚に弱いようである。

プログラム前半の「カプリース」が大喝采を受け、いよいよ後半の「ヴァイオリン協奏曲第八番」の発表の時がきた。

第一楽章、アレグロ。オーケストラによる導入部が強引なほど長く続いた。と、いきなりパガニーニ特有のダブルフラジオレットがなんと十二小節も続いて主題を奏でた。続いてオーケストラによる再現部、そして変奏曲風に主題が変容していく。時には不協和音にも聞こえるフラジオレットが連続して、聴く者の耳を刺激する。しかし根底に甘いヴァイオリンのレガート奏法が流れているので、飴と鞭が聴覚を支配する態であった。パガニーニはいつもの如く長身を奔放にスウィングさせて演奏した。

第二楽章、アダージョ。実に美しい旋律である。春の明るい陽射しの中を流れる小川のせせらぎか風の囁きのように、殆どピアノかピアニッシモで奏でられるヴァイオリンはE線一本しか使用されていないのではないかと思われる。こういう音楽をしばらく聴いていると、人はしばしば瞑想状態に陥る。この時会場は確かに一つの統一された波となって揺れていた。自我の強い者はふと抵抗を感じるかもしれない。だがそれは真冬の早朝にベッドから抜け出るよりも数倍の意志と決意を要する。間もなくそんな強者もあらがえぬ波と次第に融合していく。

第三楽章、ロンド。超絶技巧による軽快なメロディの疾走。この楽章に関しては、練習努力だけでは演奏不可能のように思われる。音楽的才能に加えて生来的に相応の指を備えていなければ無理であろう。

その頃ベッドに横たわっていたアキレに変化が生じた。突然カッと目を開いたかと思うと、ガタンと身体が一つ大きく振動した。そして静寂。しかしこの静寂はそれまでのものとは違って、まるで生気を感じさせないものであった。開いた目もガラス玉のように乾燥していて、ピクリとも身体が動かない。丁度脱皮した昆虫の抜け殻のように。

同時刻、演奏中のパガニーニのからだも一瞬ガクンと大きく揺れた。そのため一音外れたが、速いフレーズの中の一音であったし彼もスウィングしていたので、それに気が付く聴衆はいなかった。けれどもその後のパガニーニの様子に変化があった。その演奏スタイルは元々異様であったが、この後一段と激しくスウィングし始め、長い髪が炎のように舞った。そして赤味を帯びた瞳で客席を舐めるように見渡した。その視線に捕らえられた若い女性の何人かが

――その甘い音色と超絶技巧にすでにエクスタシーに達していたのだが――その場で失神してしまった。

曲はいよいよクライマックスを迎えた。右手の弓は弦を弾きながら大きく上下運動を繰り返す。一方左手指は猛烈なスピードで、しかも正確にポジションを変えながら四つの弦を駆け回る。まさに"悪魔の手"による運指であった。

演奏が終わると万雷の拍手に混じって方々から悲鳴が上がった。異常な興奮に包まれてまた何人かの婦人が倒れたのだ。

数分後、場内の熱狂をよそに、パガニーニは裏口の馬車の中にいた。そして両手指を複雑に絡ませて何やらぶつぶつ唱えていた。すると二人の若い貴婦人が夢遊病者のように裏口をすうっと抜け出てきて、吸い込まれるようにパガニーニの馬車に乗り込んだ。馬車は人知れず走り出した。


翌朝、もう日がかなり高い所にある時刻、ようやくパガニーニは目覚めた。アキレがじっと見つめていた。

「もうこんな時間か。アキレ、昨夜俺は何時ごろ戻ったんだ?」

「昨夜じゃないよ。今朝早くだよ」

「…そうか。いや、全く記憶がないのだ。そう、演奏していて…終楽章に入ったあたりから全く覚えていないのだ。一体どうやって帰ってきたかも」

「また酔っぱらってたんじゃないの」

パガニーニはからだを起こそうとした。が、全身にまるで力が入らなかった。急に年老いて全身の力が抜けてしまったような感じだ。それに頭も朦朧としている。だが二日酔いのそれとは明らかに様子が違う。

「パパ、どうしたの?」

「うん、いや、どうもまだ酔いが抜けていないらしい。もう少し寝ていよう」

そう言ってまた目を閉じたパガニーニに、アキレが言い放った。だがその声はアキレのものではなかった。

「そうじゃないでしょう。契約終了の時が来たんですよ」

その不気味な声にハッと目を開けると、そこには数か月前に見たあの悪魔が立っていた。

「ダンナ、お久しぶりで。新曲の楽譜は頂きました。私は早々にサタン様に届けに帰ります。どうも、お陰で楽しい数か月を過ごさせてもらいましたよ」

悪魔は手にした楽譜をポンと叩いてみせた。

「お前か・・・そうか、お前だったんだな」

「へえ。ではこれでお別れということで」

「ま、待て。不老不死の約束はどうなった」

そう問うパガニーニの声にはもはや張がない。

「不老不死？　はて、そんな約束しましたっけ。ダンナとの契約は身も魂も滅びない、ということだったと思いますが」

悪魔は例のニッという笑いをして続けた。

「確かにダンナの身も魂も滅びません。ただし別々になるんですよ。ダンナの魂はもうすぐ身を離れて永遠にさまよい続けるのです。そしてその身も主をなくしたまま永遠に朽ちることなく冷たい土の下で横たわることになるのです」

　パガニーニは驚愕と戦慄にしばらく声も出なかった。ようやく息をためて、怒りの力で罵った。

「こ、この悪魔め！」

「悪魔？　そう、私は見ての通り悪魔ですよ。悪魔とはこういうものです。私は契約通りのことをしたまでです」

次第にパガニーニの呼吸が乱れてきた。悪魔はそれをじっと見つめている。

　無言のまま数分間過ぎた。喘ぐ息の中で、ふいにパガニーニの口が丁度悪魔のようにニッと笑った。

「もし契約が不履行だったらどうなる?」

「???」

「その楽譜をよく見てみろ」

悪魔は慌ててページを繰った。

「こ、これは!?」

悪魔が驚くのも無理なかった。第二楽章の独奏ヴァイオリンのパートが殆ど白紙状態だったのである。

「これはどういうことだ。ダンナは昨夜完璧に演奏したではないか」

詰め寄る悪魔にパガニーニはもう抵抗する力もなく、囁くように答えた。

「あれは即興演奏だったんだ。・・・楽譜は完成していないんだ」

そう言い終えると、喘いでいた息もすうっと収まって消え行った。

「待て、そんな・・・おい、死ぬな。貴様、悪魔を騙すつもりか。こんな楽譜を持ち帰ったら俺はサタン様に・・・」

しかしこの時、すでにパガニーニの魂は悪魔の声も届かぬ天上高くを舞い上がっていた。そして主を失った亡骸はそのまま蝋人形のように固まっていった。


現在パガニーニのヴァイオリン協奏曲は、六曲が演奏なり録音なりされている。しかし第三番以降の楽譜が発見されたのは二十世紀も後半になってからのことである。

これは彼の秘密主義によるもので、自分の死後も容易に世に出ないように計らっていたようである。だがある文献によると、彼は生前八曲のヴァイオリン協奏曲を演奏会で発表していたとある。従って近い将来第七番の楽譜も新たに発見される日が来るかもしれない。しかし第八番は・・・。

第4話　「ロマンチック」

アントン・ブルックナーという作曲家は敬虔なカトリック信者で、質素な生活で生涯独身を通しました。若いころから教会でオルガン奏者を務めておりましたが、作曲家として成功したのはもう六十歳を過ぎてから、きわめて大器晩成型の人でした。

ブルックナーと言えば、宗教曲も数多くありますが、やはりそのスケールの大きな交響曲をまず思い浮かべることでしょう。特に第八番などは幾分武骨な所がありますが、その荘重にして圧倒的な迫力の点で、あらゆる交響曲の最高峰と言っても過言ではないでしょう。

ブルックナーは俗世間と絶った生活を享受しておりました。しかし一方、その朴訥で細かいことにこだわらない性格のためか、友人や弟子たちの忠言を容易に受け入れ、自分の作品に幾つもの改訂版を出しました。一つの作品に「原典版」「ノヴァーク版」「ハース版」といったヴァージョンがあるのはそのためです。

それからブルックナーはビールが大好きだったようで、肖像画を見ても見事なビール腹をしております。

さて、その時ブルックナーは少々風邪気味でして、時折大きなくしゃみを連発しておりました。自ら「ロマンチック」と題した交響曲第四番の作曲中でした。

大自然、深い森を彷彿させる音楽です。もうほぼ完成しておりましたが、終楽章にどうも納得のいかない箇所がありました。色々と音を置き換えてみましたがすっきりしません。むしろますます不自然になっていくように感じます。

そこで彼は一旦筆を置いて、大好きなビールを呷りました。少々酔った方が気が大きくなって、かえっていいアイデアが生まれてくるかもしれない。実際過去にも何度かそういう経験をしておりましたから。

今日は黒ビールでいこう。ジョッキ二杯を立て続けに空けて、三杯目は書きかけのスコアを眺めながらちびりちびりとやりました。

するといきなり鼻がむずむずして・・・大きなくしゃみが一つ！　口に入っていた黒ビールがパッと飛び散り、スコアの上にもかかりました。

「しまった」とスコアを点検すると、丁度五線紙の上に黒ビールの雫がおたまじゃくしの跡を何滴か残しておりました。

ブルックナーはしばらくそれをじっと見つめておりましたが、やにわに大声で笑いだしました。

「これだ、これに決定だ」

こうして交響曲第四番「ロマンチック」の「黒ビール版」が誕生したのでした。

第5話　「コリオラン序曲」

先日亡父の法事の際に久々にKおじさんに会った。冠婚葬祭でもない限り滅多に親戚同士が顔を合わせることがない。葬式や法事というのは死者の供養はもちろんだが、生きている者たちの絆を確かめるための機会としての意味もあるのだろう。年賀状のやり取りだけでは絆の糸偏にもならないのかもしれない。

さて、このKおじさんというのは退職してもう二十年くらい経つ老人なのだが、元刑事で殺人事件を数多く手がけてきた人である。私が中学生で推理小説ばかり読んでいた頃、このKおじさんが訪ねてくるのを何よりの楽しみにしていた。実際の殺人事件の様子を生の声で聞けるからである。だが現実の殺人事件というのは惨くてどろどろしたものばかりだった。小説に出てくるようなトリックを使って完全犯罪を狙った知能犯などは稀でしかなく、名探偵がその謎を見事に解き明かすというようなこともない。だいたいが衝動的な殺人で、せいぜいその証拠隠滅を図って偽装することくらい。捜査の方も科学捜査と地道な聞き込みがほぼすべてである。それでも当時の私はKおじさんの話に興味が尽きることはなかった。信じられないような物が凶器に使われた例もあったし、人間とはかくも残酷になれるものかと思うほど残虐な殺し方をした話も聞いた。中でも異常事態における人間の心理状態や、そういう時の理解に苦しむような咄嗟の行動が面白かった。

法事が済んで酒会となり、そろそろみんな出来上がってきた時分である。Kおじさんが私の隣へやって来てまずは一杯酌交すると、唐突にポケットから分厚い封筒を取り出して私に手渡した。Kおじさんは悪戯っぽい目をして口は笑っている。宛名はおじさんになっていたが、差出人の沢口稔という名は初めて見る。私が何か言おうとするのを遮るように手を差し出すと、おじさんはさっきと同じポケットから今度は新聞の切り抜きを出してきた。その色の褪せ具合から相当昔の新聞であることがわかる。裏を返すとおじさんの几帳面な字で、赤ペンで年月日が書き込まれていた。

「昭和四十五年・・・大阪で万博があった年じゃないですか。ちょうど五十年前ですね」

「そう、儂もまだ現役バリバリの頃さ。まあ記事を読んでごらんよ。儂が扱った事件のひとつなんだ」

そう言うKおじさんの目は、昔ながらの鋭いものであった。

『サーカスで殺傷事件』――要約するとこうである。サーカスの公演中、ナイフの曲投げで受け手の紙一重のところに打ち込まれる筈のナイフが、まともにその心臓を貫き刺殺したという事件であった。なお投げ手と受け手は演技のパートナーであるとともに私生活でも夫婦であり、事件は過失致死とされた。

「どう思う」とKおじさん。

「どうって・・・過失致死じゃないんですか」

「そういうことでこの事件は終わった。あれからもう五十年、たとえ何かあったところでとうに時効さ」

「というと、おじさんには納得のいかない点が何かあったんですね」

「うん・・・まあその手紙を読んでみたまえ。すべてが明らかになるよ」

過失ではなかったとすれば、殺人？　私はふと志賀直哉が書いたミステリー「范の犯罪」を思い出した。あの小説もサーカスのナイフ投げによる刺殺事件だが、あれは投げた男の心理に主眼を置いたもので、結局本人にも殺意があって投げたのか体調不良による過失事故であったのかわからないという小説だった。

Kおじさんは遠い過去を見つめる目でひとり盃を傾けていた。私はその手紙に目を移した。

突然の手紙、どうぞお許しください。刑事さん（もう退職なさったと聞いてますが）、沢口です。覚えていらっしゃいますでしょうか、一九七〇年のこと。いや失礼しました。有能な刑事は丁度名投手がその試合で投げた配球をすべて記憶しているように、自分が担当した事件はすべて覚えていると聞きました。当然あなたも私のことを覚えてらっしゃることでしょう。そうです、あのサーカスのナイフ殺傷事件です。あの事件は私の計算通りの過失致死ということで一件落着しました。状況を見れば誰も疑いを持つことはなかったでしょう。事実誰も疑わなかった、ただひとりあなたを除いては。そう、あの時あなただけが執拗に決着がついてからも何度かサーカスを訪ねて来られた。そして特に私に疑いの目を向けられたことは重々感じていました。しかし何の証拠もないし、何より大勢の観衆の前での事件で誰もが大和田秀樹が妻のユリ子をナイフで突き刺すのを見たのですから、私に嫌疑をかけるなど全く馬鹿げたことでしょう。それをあなたは・・・何だったのですか。刑事の直感ってやつですか、犬のような嗅覚が働いたのですか。

しかし結局は諦めるしかなかった。直感だけでは逮捕はできませんからね。でもね、刑事さん、今白状します。あなたは正しかったのです。

その前に話が前後しますが、なぜ今頃になって私があなたに手紙を差し上げようという気になったのかを言っておかねばなりますまい。私はもう七十も半ばです。あの事故以来からだには無理をさせぬよう心掛けてきたのですが、この間健康診断を受けてみると精密検査が必要だと言います。それで大学病院で調べてもらったら、肝臓癌ですでに転移も始まっているとのことでした。この歳ですから手術も難しいでしょうし、いずれにせよ先が長くないことはわかっています。それならば私の人生の中で最も輝かしかった時代であり、そして最も苦悩の日々であったあの時代の終局の一幕の真相を誰かに打ち明けておかねばならないと思ったのです。こんなしこりを持って死んでゆくのは嫌です。勝手かもしれませんが、死ぬ時は何もかも清算して死にたい、もうすべて忘れてしまいたい。そこで真っ先に思いついたのが刑事さん、あなただったのです。あなたに真相を告げてから死のうと思います。これで少しは気も楽になるでしょうから。いや、本来ならあの時に打ち明けておくべきだったのでしょうが・・・。

さて、では昔の事件のことですし、事件の日から遡った時点より順にお話していった方がよろしいかと思います。

私は一九六〇年、中学を出るとすぐにSサーカスに入団しました。学校の通知簿はどの教科も殆んどが2で体育だけがいつも5、特に器械体操が得意中の得意でした。それに家も貧しかったので親の反対もなく、そのままサーカスの一団員となって旅の生活が始まりました。団長は私の才能を見込んで空中ブランコをやらせました。空中ブランコと言えば何と言ってもサーカスの花形、私も喜んで取り組みました。しかしおわかりでしょうが、そう簡単にできるものではありません。当時はスパルタ教育が堂々とまかり通っていた時代ですから、私も先輩たちにしごかれて毎日新しい痣を作って泣きながら練習を繰り返していました。

ところで私と歳も同じで同期に入団した男がひとりおりました。それが大和田秀樹です。彼の身の上もかなり悲惨なものだったようで、どうやらとある孤児院から抜け出して来たのだろうと皆噂しておりました。けれどもうちの団長はそんなことはどうでもよかったようで、とにかく才能ある若者を欲しがっていました。はっきり言って、客を呼んで稼げる人間ならその素性など関係なかったのです。大和田はナイフ投げに挑戦しました。その時はSサーカスでこれを演じられる者は誰もいなかったのです。どうやら大和田にはその才能が充分にあったようですし、それに幼い頃からの苦労が作り上げたのか至ってクールな性格でしたから、ナイフ投げのように極度の集中力と大胆さを必要とする演目には打ってつけだったようです。毎日毎日一人で標的に向かってナイフを投げ続けていました。同期のよしみで私は親しくしようと努めたのですが、無口な彼はなかなか心を開いてくれませんでした。

それから三年程経ちました。空中ブランコの三人の先輩のうち二人はもう年齢的に峠を越えておりましたので早く新人を、即ち私を一人前に仕立てるべく一段と厳しい訓練が課せられました。早く実践に慣れるために高台に上がって、演技する先輩に向かってブランコを送り出す仕事をやらせてもらっておりました。タイミングがわずかにずれて、後でひどく叱られたことも何度もありました。実際空中ブランコというのは体力もさることながら、何よりも呼吸のタイミングですからね。これをまずしっかり身にしみこませておかねばどうにもなりません。

そんなある日、一人の若い娘が入団してきたのです。例によって詳しい事情はわかりませんが、おそらく家出同然のものだったのでしょう。ところがこの娘、なかなかからだも柔らかくそれに動きも機敏でしたので、空中ブランコの世代交代も考えて団長がこの娘を私とペアを組ませることにしたのです。もちろんこの娘――名前はユリ子と言いました――は空中ブランコなど未経験ですので、私は自分の練習をしながらユリ子の訓練指導もすることになったのです。

大和田はその頃すでにレギュラーではありませんが、時折舞台に立っておりました。ナイフ投げの腕はもうかなり上達していたのですが、風船を割ったり、数字盤の中から特定の数字を突き刺すという比較的地味な演目でしたので、客の反応はもうひとつでした。それでも大和田は表情ひとつ変えずに黙々とナイフを投げ続けておりました。

それから五年経ちました。私はこの頃、自慢じゃありませんがSサーカスのスターになっていました。サーカスと言えば空中ブランコ、しかも私のオリジナルの空中二回転半ひねりは観衆の度肝を抜くものでした。それに老練の先輩たちは引退し、ユリ子を加えた若い華やかさが受けたのでしょう。まだ二十歳そこそこの若僧なのに、私は確かに高慢になっていました。先輩たちの前でも偉そうな態度をとりました。わざとそう振舞っていたのです。けれども団長は稼ぎ頭の私には小言ひとつ言いませんでした。現金なものです。私は増長してますます天狗になっていきました。そのうちに私はユリ子をただの後輩としてではなく、女として見るようになりました。当然ユリ子は私の言いなりになるものと思っていたのです。

しかしある晩、私が迫るとユリ子は激しく抵抗したのです。それでも強引に彼女の腕を掴んで引き寄せると、彼女は私の手に強く噛みついて逃げ去って行きました。逃がして初めて私は気づきました。私は本心から彼女を愛していたのだと。

それでその翌日の晩、練習の後またユリ子を呼んで前夜の詫びと私の素直な気持ちを伝えました。私はできる限り紳士を装って言いました。けれども彼女は私を拒絶しました。私とは空中ブランコのパートナーの関係以上のものではない、と言い張りました。次第に私も感情が高まってきて、それにつれて徐々に紳士からごろつきへと変化していき、誰がお前の世話をしてやったんだとか、誰のお陰で食ってると思ってるんだとか、俺はこのサーカスのトップスターなんだぞなどと語調を荒立てて言いました。それでも彼女は頑として拒みました。

ついに私は切れて、ビンタを一つくれてやるとそのまま両手で彼女の首を掴んでおりました。その刹那、私は躍起になっていたので全く気づかなかったのですが、いきなり背後から襟首を掴まれて後方へ投げ飛ばされてしまったのです。尻もちをついたまま見上げると、そこに大和田が立っておりました。ユリ子が彼の方へとんで行って縋り付くと、大和田は彼女を抱擁したのです。私はそれを見て一瞬のうちにすべてを覚りました。そうだったのです。二人はできていたのです。大和田は恐ろしい目で私を睨みつけていました。彼は大柄で力も強く、それに喧嘩慣れしております。私は小柄で軽い身、挑んだところで結果は見えています。私は情けなくもそのまますごすごとその場を去って行きました。

その翌日から私はユリ子に対して一段と厳しい訓練を強いるようになり、危険な技にも無理矢理挑戦させたりしました。嫉妬心がそうさせたのでしょう。そのためユリ子は幾度か本当に危い目に遭いましたが、それでも彼女は文句一つ言わずに私のしごきに堪えていました。ただ私を見るその目は大和田のナイフのように冷たいものでした。

それから二三日経った公演の日でした。私の空中ブランコが出し物の取りを飾るものでした。先輩のFさんや私はもう慣れたもので、自分なりに精神を統一する術を知っていますし、ユリ子もいつもと変わらず落ち着いて見えました。

ファンファーレが鳴って私たちが登場すると、ひと際大きな拍手が起きました。三人はいつものように颯爽と梯子を上っていき、高台に着きました。比較的簡単な演技から始めて徐々に難度の高い演技へと進んでいきました。そしていよいよクライマックス、私が一人で見せる妙技の番となりました。一方の側からブランコで宙に出て、他方から送られてくるブランコに飛び移る間に二回転半ひねりしてみせるという大技です。

緊張の静寂の中、私はスタートしました。そして空中で回転・・・すべて身体が覚えたテンポで運んでいます。そして手を伸ばした所へユリ子が送ってくれるブランコがある筈でした。ところがそのブランコはわずかに遠かった。両手の中指の先が触れたところで私のからだは落下していきました。それからの私の記憶はしばらく途絶えております。当時は安全ネットを設置していなかったものですから、私は十メートルの高さから落下してまともに背骨をやってしまいました。

丸一日気を失って、目が覚めた時は病院のベッドに固定されていました。医師の説明を聞くまでもなく、私が再びブランコを握ることは不可能なことはわかっていました。日常生活さえちゃんとできるように回復するのかどうかも危うかったのです。団長が見舞いに来てくれたのは三日後でした。口では私を労わるようなことを言ってましたが、その目を見ればもう私を見捨てていることがわかりました。彼の性格や信条は十二分に知ってますからね。一座はこの公演の後地方を巡るのでしばらくは見舞いに来られないことを告げて、わずかな見舞金を置いてさっさと帰っていきました。

警察の調査も形式的に一応なされたようですが、演技上のミスということで事故として処理されました。次回から安全ネットを義務付けられたそうですが、私がいなくなれば空中ブランコもおしまいでしょう。

それから私は三か月近く入院しておりました。その間に団長や他の団員が二三度来てくれましたが、ユリ子と大和田はとうとう一度も来ませんでした。一通の手紙すらよこさなかったのです。

退院して四五か月もすると貯金も底をついたので、私はSサーカスを訪ねて行きました。その時一座は九州を巡業していたのですが、私には他に当てもなく、それにサーカス以外何も知らない人間でしたから実社会ではどうしようもなかったのです。言うまでもなく空中ブランコはもちろんのこと、このからだでは何一つ演技はできないでしょうが、たとえ雑役でもとにかく身を置く所が欲しかったのです。まだ歩行も十分ではなかったのですが、私は電車に揺られて痛い思いをしながら一座を追いかけました。

鹿児島でやっとSサーカスのテントをくぐることができました。しかし案の定団長はいい顔をしませんでした。それでも私は必死に訴えました。結局雑役夫として雇われることになりました。給料は雀の涙ほどでしたが、とにかく食えて寝る所が確保できたので、私は感謝しました。

その日からの惨めな思いといったらありません。かつて空中ブランコのスターだった私が、まだ駆け出しの団員の衣装の洗濯から用具の修理、公演時の準備設営、さらには動物の糞の始末までやらされたのです。しかもみんな私を乱暴に顎でこき使うのでした。以前偉そうにしていたのでその報復もあったのでしょう。


それからもう一つ驚いたことがあります。大和田とユリ子が結婚していて、ユリ子は大和田のナイフ投げのパートナーになっていたのです。それがまた大成功して、空中ブランコなきあとのSサーカスの看板にまでなっていたのです。大和田のナイフの腕は一層磨きがかかっていました。すでに日本でも屈指のナイフ投げとなっていたのです。ショーの内容も、回転する数字盤からお客さんの指定する数字にナイフを突き立てたり、目隠しして揺れる風船を射抜くなど高度なものになってました。中でも目玉はやはり人間標的台でしょう。水着姿のユリ子を板の前に十字形に立たせて、顔面や脇の下すれすれの所にナイフを打ち込んでいくのです。それは大喝采でした。

そして大和田は私に色々と雑用を押しつけてきました。舞台装置の位置が少しでもずれていると怒鳴りつけ、ＢＧＭのことやら何やらと冷ややかな口調で命令してくるのでした。またユリ子は殆んど口もきかず、私に脱いだ衣装を投げつけてよこすのでした。

そんなこんなで半年も経たないうちに私もストレスがたまってきたのでしょう。この頃から毎夜のように同じ夢を見るようになったのです。それは例の事故の夢です。不思議なことにそれまであの事故を夢見てうなされるようなことは一度もなかったのです。ところがこの頃になって、あの時のシーンをまるでビデオテープをスローで見るように繰り返し夢に見たのです。

ブランコを握り損ねて落下していきながら、私は台の上にいるユリ子を見ていました。ユリ子は凍ったように固くなって私が落ちていくのを見つめていました。そして私のからだが床に叩きつけられた時、私の目は登場口のカーテンの陰から私を凝視している大和田をとらえました。鮮明にその顔が見えました。いつもの冷たい目と、そして薄笑いしている奴の口をはっきりと見たのです。そして次のシーンはもう暗闇で何も見えません。・・・そこで目が覚めるのです。これは夢です。あの刹那にこれらすべてを実際に見たとはとても思えません。けれども毎日この夢を見ているうちに私はこれを確信するようになっていったのです。ストレスによる一種の精神障害かもしれません。今思えば明らかに妄想だったのでしょう。しかしあの時は信じ込んでしまったのです。あの事故は大和田とユリ子が共謀してやったことなんだと。大和田がユリ子をそそのかして、ユリ子がブランコを送り出すタイミングを故意に一瞬遅らせたのだと。もちろん何の証拠もありません。警察による検証も事故ということになっています。ですが妄想を抱いた頭には証拠の有無など関係ありません。それに刑事さん、これは今でも時折思うんですが、この妄想が現実だった可能性も全く無いとは言い切れないのじゃないでしょうか。真実を知るのはあの二人だけです。

ともかく私はその頃、頭の中は怒りと憎しみでいっぱいでした。何とかして大和田とユリ子に復讐してやろうとばかり考えておりました。しかしこんなからだの私です。まともに組み合ったのでは勝ち目はありません。丁度奴らが私にしたような巧妙で陰惨な手段を考えねばなりません。

そんなある日、私は偶然巡業先で中学時代の同窓生Nと出会ったのです。今思えばこれも神の思し召し、いや、悪魔の奸計だったのかもしれません。Nは私とは全く性格も趣味も異にする男でしたが、なぜか気が合って私の数少ない友人の一人でした。Nは生来からだが脆弱で体育の時間などよく見学しておりましたが、頭は抜群でクラスでも常に一番でした。私もよく宿題を手伝ってもらいました。それに彼はクラシック音楽が好きでして、自分でもピアノを弾いていました。彼の家に遊びに行った時、これがモーツァルトだベートーヴェンだと、レコードを何枚も聴かせてもらいました。けれども私などにわかる筈がありません。ただ所々その大音響に胸が高まったり、きれいな旋律にうっとりした気分になることはありました。

さて、Nは勤める会社でたまたまその地に赴任していたのです。お互いまだ独身でしたので、私も気軽に彼のアパートを訪ねました。相変わらず部屋は書物とレコードで埋まっていました。酒を交わして思い出話に花を咲かせている間も、彼は次々とレコードに針を落としていました。その何枚目かのレコードでした。私にも聞き覚えのある音楽が流れてきたのです。異常なほどに緊張感のあるドラマチックな出だし・・・そう、大和田秀樹が人間標的台をやる時いつもＢＧＭにかけている曲だったのです。

私はＮに尋ねて、それがベートーヴェンの「コリオラン序曲」であることを知りました。当時はＬＰレコードの時代でしたし、この曲のレコードもそれほどたくさん出ていたわけではありませんが、Ｎが言うにはこのフルトヴェングラーの指揮するレコードの右に出るものはないとのことでした。さらに同じフルトヴェングラーでもオーケストラと録音時代の違いで多少印象も違ってくるのだと言って、二種類聴かせてくれましたが凡庸な私なんかに聞き分けられる筈もありません。しかしながらこの時、私は頭の中であるアイデアが芽を出し始めていたのです。

私はＮに頼んで、その二種類ともテープに録音してもらったのです。本当は冒頭の部分だけで十分なのですが、それでは怪しまれるので全曲（といっても十分程度の曲ですが）入れてもらいました。もちろんＮには、今日初めて聞いてとても感動したからとだけ言っておきました。Ｎは私にもお気に入りの曲ができてよかったと、満足そうに笑っていました。

その夜遅く、私はサーカスに戻ると早速大和田がＢＧＭに使っているテープを持ち出しました。私がＢＧＭも担当していたのでわけもないことです。そして私は自分のテントの中、蒲団にくるまって何度も何度も大和田のテープと、Ｎからもらったテープを聴き比べました。いつしか遠くで牛乳や新聞を配達する音が聞こえてくる時刻となった時分には、私のアイデアは完成した設計図となっておりました。

　そして一九七〇年の夏、あの事件の日を迎えたのです。それは都内での公演の初日でしたから、招待客も含めて大勢の観客で溢れておりました。そんな中で起こるハプニングこそが正にショーの醍醐味というものでしょう。できるだけ派手にやらなければなりません。

　ショーは開演の挨拶から順調に進んでいきました。いつものように私がＢＧＭやマイクの音量調節を担当していました。次第に観客たちが興奮してくるのを肌で感じておりました。

　そしてひと際大きな拍手が起こり、いよいよナイフ投げの演目となりました。大和田とユリ子が手をつないで颯爽と登場しました。大和田はまず小手調べに風船割からマッチ箱落とし、それから回転盤打ちと無難にこなしていきました。そしてついに人間標的台の時となりました。ピンク色の水着姿のユリ子が大きな板の前でキリストのように十字の形をとりました。大和田はユリ子から十二メートル離れた所に立ちました。私はここでこれまでの軽いテンポのＢＧＭから一変、「コリオラン序曲」をかけました。大和田と同じく私もすっかりこの音楽が頭に入っております。いきなり緊張高まる出だし・・・そして強烈なティンパニーの連打。大和田はこのティンパニーの音に合わせてナイフを投げていくのです。一投目はユリ子の頭の上数センチの所に見事に突き立てました。二投目は顔の右側、これもわずか一センチの所に決まりました。第三投は顔の左側、これも一センチの所でした。三投目からティンパニーは四つ目、五つ目と連続して打たれます。大和田もそれに合わせて連続して第四投を右の脇下へ打ち込みました。そして最後の第五投・・・しかしそのティンパニーの轟音もその直後の場内の悲鳴でかき消されてしまいました。大和田の投げた五本目のナイフはユリ子の左胸、心臓を貫いていたのです。殆んど即死状態だったでしょう。騒然とする中、大和田はその場で泣き崩れていました。あのクールな男が全身を震わせて号泣していたのです。私はその姿を見た瞬間しびれるような勝利感を覚えました。しばらくの間団長や他の団員たちが右往左往する様子を、まるで水槽の中の魚を見るような感じでぼうっと眺めておりました。

それからどのくらい経ったのでしょう。救急車とパトカーのサイレンで私は我にかえりました。そして皆と一緒に観客を誘導していましたが、その時はもうすでに勝利感は抜け去り、代わってなんともむなしい気分で胸がいっぱいになっておりました。そのうちに警官たちがやって来ました。あとは刑事さん、あなたがご自分の目で見た通りです。

でもこの事件も過失ということで片付きました。前の私の時と同じです。大和田に殺意などありようがない。事件後の彼の様子を見ても明らかです。ですが事実として、あの事件の裏には殺意が秘められていたのです。おそらく刑事さんはあの時、長年の勘でそれを感じ取られたのでしょう。もうおわかりでしょうか。私はＢＧＭにある細工をしたのです。細工といっても証拠が残るような手の込んだものではありません。テープを替えただけです。同じ「コリオラン序曲」、同じフルトヴェングラーが指揮したレコードから録ったテープなんですが、元の方、即ち大和田が聞き慣れていた方はベルリンフィルハーモニー管弦楽団による演奏のものでした。それを私はウィーフィルハーモニー管弦楽団が演奏したものにすり替えたのです。別の指揮者であれば、さすがにテンポの設定などだいぶ違いますから大和田もすぐに気づいたでしょう。しかし二つとも同一指揮者によるものですからそんなに大きな違いはない。もっとも友人のＮのような通になればその微妙な違いを楽しむようで、実際私もあの晩何度も聴いているうちにようやくその違いがわかったのです。

それで私はこの計画を立てたのです。大和田は長い間ベルリンフィルの演奏のティンパニーに合わせてナイフを投げていました。すでに耳とからだがそのタイミングを覚えていたのです。そこへあの日はウィーンフィルの演奏が流れました。三つ目から五つ目のティンパニーは三秒前後の間隔で連打されます。大和田はおそらく無意識に耳だけで反応して投げていたのだと思います。ところがウィーンフィルの演奏は第五投目のタイミング、即ち五つ目のティンパニーがほんのわずかですが早く出るのです。それで大和田はナイフの握りが甘いまま、まだ気が合っていないうちに音に反応して投げてしまったのです。不運にもそれはユリ子の心臓へ向かいました。でも私はこれを不運だとは思っていません。むしろ天罰だと思っております。だってナイフは大きく逆の方へ外れる可能性もあったわけですからね。私に大怪我を負わせて結ばれた夫婦が、その夫の手によって妻が刺殺される・・・これが天罰でなくて何でしょう。

以上、あの事件の経緯をすべて書きました。もう先の短い私にとってはどうでもいいことなんですが、たとえまだ時効になっていなかったとしても、私は罪に問われるのでしょうか。私はテープを替えただけです。ユリ子を殺したのはまちがいなく大和田です。愛妻を殺した大和田は動揺してしまってテープのことには気づいておりません。刑事さんたちも一応調査されましたが、不審な点は何一つ発見されなかった・・・でしょう。畢竟あの事件は事故というのが正当な判断だったのでしょう。

大和田は業務上過失致死罪で禁固二年を言い渡されましたが、執行猶予がつきました。しかしその後もう二度とナイフを握ることができず、サーカスも退団したそうですが、今どこでどうしているのか全くわかりません。それにSサーカスも看板スターをなくし、また世の中の流れもあって数か月後に解散したと聞きました。そしてこの私は、事件から一週間目に退団して東北の故郷の町へ戻りました。そして小さな町工場で働き口を見つけ、そこで知り合ったのが今の女房です。女房は、惚気じゃなく私などにはもったいないくらいやさしい女で、よく尽くしてくれます。ですから刑事さん、どうぞこの手紙のことは女房には言わないでください。私も事件のことは今日まで私の胸の中だけに納めてきたのですから。

今私はこの手紙を書いて本当に気が楽になりました。あなた様には突然のご迷惑だったことと思いますが、どうぞご勘弁ください。そして健康に御留意されますよう、ご多幸をお祈りいたします。

沢口稔

第6話　「弦楽四重奏曲第六番」

「ねえさん、先日恐ろしい夢を見たんだ。僕はもうすぐ死神に連れていかれそうだ」

うっすらと涙を浮かべ真顔でそう言う神経質な弟に、気丈な姉ファニーはやさしく微笑んで、しっかりした口調で答えるのであった。こういったことはこれまでに度々経験していた。

「フェリックス、その死神ってどんな奴だった？　ちょっと描いてみせてよ。姉さんが懲らしめてやるから」


フェリックス・メンデルスゾーン、この年（一八四七年）すでに三十八歳。十年前に結婚していたが、幼い頃より誰よりも姉ファニーによく懐いていて、何事かあると真っ先にこの姉に打ち明けるのであった。その習慣がいつしかある定型となったようで、二人が何歳になろうと、そのやりとりは幼年の姉弟の姿そのままであった。傍目にはそれが時には母子のように、時には恋人同士のように映ることもあったが。


十一歳で作曲を始め、裕福な家庭の下、絵画や文学における才能もめざましく、また数ヶ国語に通じるという、まさに神童として当時のヨーロッパ全土にその名を轟かせていた。

しかしその名声が彼の身体を酷使させることにもなった。作曲、演奏活動に加えて同時代や過去の作品の紹介、さらに自ら設立した音楽院の運営など、息つく暇もない毎日を送っていた。そのためか二十歳を過ぎた頃より度々頭に激痛を覚えるようになったが、のんびりと休養などできる状況ではなかった。

そんな激務の合間を見つけては姉ファニーを訪れ、彼女のピアノ演奏に癒され、悩み事を聞いてもらうことで何とか心身の安定を取り戻すのであった。

それに演奏旅行とはいえヨーロッパ各地を回りながら、ドイツとは違った様々な新鮮な気候風土に触れたことも精神の大いなるリフレッシュとなったに違いない。

とりわけイタリアの明澄な空は彼の心を大いに解放したことであろう。「イタリア交響曲」の明朗な響きを聴けば、彼の知性と感性がビタミンを補給して自由活発に飛翔している様子がうかがえるだろう。

またスコットランドの城跡を訪れた際には、彼の該博な知識を刺激し、祖父譲りの哲学的思考を高揚させ、後に「スコットランド交響曲」として完成される楽想の礎がすでに固められていたものと思われる。


フェリックスが夢の中で死神を頻繁に見るようになったのは、一八四七年の新年を迎えた頃からであった。死神と言ってもよく風刺画で見かけるような具体的な形をしたものではなく、漠然とした黒い人影、というよりも深い闇そのものの奥から語りかけてくるような感覚であった。

「フェリックス、お前は今年中に死ぬであろう」

闇の中から突如発せられたこの宣告は、それからずっと彼の耳にこびりついている。中性的な声でありながら鋼のような硬さを含んだ、一切妥協しない響きであった。

その翌日目覚めた時は、夢のことは大して気にもしなかったのだが、日中作曲している最中にもその声が幾度となく蘇ってくるのが不気味であった。

それから数日おきに夢の中で闇からの囁きを感じた。先日のようなはっきりとした宣告はなかったが、何かしら呪詛のようにブツブツ言う声を感じた。得体がわからない分、目覚めた後もただ不安だけが残った。

その呪詛めいたものが明瞭な声となったのは、四月の中頃であった。闇が収縮して固まった濃厚な黒が、ちょうど人が蹲ったような形をして、その頭部らしき部分から以前聞いた中性の硬い声で告げた。

「庭の椿の花がすべて落ちた時、お前は死ぬ」

　からだ中汗びっしょりとなって目覚めたフェリックスは即座に窓を開けて庭を見た。二階の寝室とほぼ同じ高さに椿が一本、たくさんの赤い花を抱えて立っている。しかし窓から入る春風に含まれるその香りに、楚々とした風情などなく、ねっとりとした禍々しきものが感じられるのであった。


　その日から殆んど毎夜夢の闇から声が聞こえ、毎日確実に少しずつ椿の花は落ちていった。

　五月に入ると、日に日にその落ちる花の数も増えていった。木の根元には萎れかけた花が小さな山を作っていた。

「もうすぐお前は死ぬ」

中性の声が夜中に囁く。その声には抑揚がないだけに、厳然確固たる事実として伝わってくる。

「どうして僕が死ななければならないんだ」

夢の中では自分の声も抑揚がない。

「運命だよ。運命は誰にも変えられん」

「でも僕はまだ三十八歳なのに」

「年齢など関係ない。人は皆死ぬ。百歳で死ぬ者もあれば生後三日で死ぬ者もある」

「お前は何者なんだ」

「・・・人は我を死神と呼ぶそうな。しかし我はただ人に死に時を知らせてやるだけだ。もっともそれに気が付かぬ者が多いんだがな。お前は芸術家だけあって、さすがに感じ取ったようだが」

「うるさい。お前の声など聞きたくない」

「・・・今宵は風がきつい。たくさん散るだろうな。明日起きたら木を見てみろ。もう数えるほどしか残っていまい。・・・お前はもうすぐ死ぬ」

目覚めた時、また頭痛の発作に襲われた。痛みが日ごとに激しくなるように思える。ふらつく足で椿を見ると、緑の中に赤はちらほらと十もあるかないかであった。ゾッと全身に寒気が走った。

「姉さんに会いに行かねば！」

「姉さん、そいつは庭の椿の最後の一輪が落ちた瞬間僕は命を引き取る、と言うんだ」

ファニーはフェリックスが幼い時分から繊細で、今日言う神経症傾向があることをよく知っていた。そしてそれは薬などでは治せない厄介なものであることも。

「フェリックス、今度そいつが出てきたら私の夢の中にも出てくるように言ってよ。死神ってのも一度見てみたいものだわ。・・・とにかくぐっすり眠ることが大事よ。お前、仕事で疲れが溜まってるのよ。無理しないで、もっと人生を楽しみなさい」

姉はやさしく微笑んだが、頭の中ではまだ具体的な対処法は浮かばなかった。いつものようにピアノを弾きながら彼の最近の作品や演奏の批評などして、とりあえず意識を逸らそうとするのであった。

お茶とクッキーでひと息つくと、ファニーは弟にヴァイオリンを持たせて、彼の作品の中でも特に人気の高い「ヴァイオリン協奏曲ホ短調」を弾かせ、自分がピアノ伴奏を受け持った。

この曲は三つの楽章が切れ目なく演奏されるので集中力を絶やせないものだが、敢えてそれを弾かせることで意識を音楽に向けさせ、音楽の力で心を安定させようとしたのである。

フェリックスも弾き始めると途端に全神経を指に集中させた。自ら奏でる音楽が・・・澄んだ音色が甘い優美な旋律を歌い、雪解けの小川のように溌溂と流れる・・・自らの心を共鳴させ、精神を支援するのであった。

伴奏を務めながら、姉は弟のその心の躍動を感じ取り、何とかしてこの繊細で優しい男を助けてやらねばと誓った。

翌日ファニーは、フェリックス一家が揃って昼食に出かけるのを見計らって、彼の邸の庭へ入った。こんな泥棒のような真似をするのも弟を助けるために昨夜考えた苦肉の策である。

なるほどその椿は堂々と緑の羽を広げていたが、その中に赤い点はもう五つしかない。落ちた花はすでに茶色く、土にかえろうとしている。

その時どこからか蜜蜂が一匹、不審な侵入者に警告するかのように羽音けたたましくファニーの頭上を旋回し始めた。帽子で追い払おうとするや否やピタッと羽音が止んで、その姿も見えなくなった。しばらく耳を澄まして佇んだが何の気配も感じなかった。はたして本当に蜜蜂がいたのだろうか?

ファニーは急いで一番高い枝にある花まで梯子を掛け、勇敢に登っていった。そしてスカートのポケットから糸を取り出して、その一輪をしっかりと括り付けた。

「最後の一輪は落ちないわ!」

夢にうなされて目覚めるとすぐに窓から椿を眺める。すると三日前から一番高い所にある一輪だけがのこっていることに気づいた。花は茶色っぽくなっているのにしっかりと枝にしがみついている。あたかも自分をこの世に留まらせようという、神の御心が働いているかのように。感謝の涙がフェリックスの頬を伝った。

だがその翌日、神は死神へと化した。姉ファニーが脳卒中で突然他界してしまったのである。前夜の夢で死神は一言だけ告げた。

「運命に抗する者は死す」

フェリックスはすべてを覚った。最後の一輪が落ちないわけ、そして姉の急死の意味が。

それから数週間フェリックスは放心状態が続いた。食事も碌に取らず、殆どの時間をベッドの上で過ごした。しかし眠ることを恐れた。夢を見るのが怖かった。ついうとうとして闇が固まってくるのを感じると咄嗟に目覚め、我知らず大声で喚くこともしばしばあった。そんな夫の姿に夫人と子供たちは為す術もなく、医者の処方薬を規則的に飲ませるしかなかった。

やがて初秋を迎える頃となった。フェリックスの容態は回復したとはとても言い難いが、少量ながら食事もし、家族との日常会話を取り戻すようになった。相変わらず眠ると死神が現れるけれども沈黙していた。しかしその漠然とした黒い頭部の中央に二点、鋭い眼光を感じるのであった。

閉じこもった部屋の中からピアノの調べが聞こえ、作曲を再開できるようにまでなったのかと夫人を喜ばせたが、その流れてくる音楽は・・・これまで彼が創作してきた優雅で気品ある明るい調べを音楽と言うならば・・・それはまるで異なる、陰々滅々、暗然たる雰囲気に包まれ、不協和音が呻き声のように高鳴ったりする音の蠢きとでも呼ぶに相応しいものであった。ドア越しに聴いていた夫人も、思わず身を反らすほどに何か不吉なものを感じ取った。


こうしてフェリックスは何かに取り憑かれたかのように弦楽四重奏曲第六番の創作に打ち込んだ。

夢の中で自ら死神に対して宣告した。

「これは姉へのレクイエムではない。復讐だ！　私には音楽しかない。音楽という武器で死神、お前を倒してやる」

闇は何も答えず、重く蹲っていた。

フェリックス・メンデルスゾーンの弦楽四重奏曲第六番は、それまで彼が求めてきた生命への賛歌とは全く趣向を異にした、慟哭と悲憤と嗟嘆と怒号の音楽である。

その年一八四七年も十一月に入るとすぐにこの四重奏曲が完成した。そしてこれが彼の遺作となった。

十一月三日、フェリックスも姉と同じく脳卒中で倒れた。昏睡状態の中で死神が口を開いた。

「今度は逃れられん」

翌日フェリックスは三十八歳という若さでその生涯を閉じたのである。

第7話 「幻想交響曲」

青年音楽家がいた。仮にエクトールと名付けておこう。彼の父は評判の良い開業医だったので、当然エクトールもそれを継ぐべく医学部へと入学した。けれどもエクトールは「死体を見ると吐き気を催す」という、医者になるにはあまりにも繊細すぎる神経の持ち主だった。結局医学への道は断念し、その繊細な感性を活かした音楽家へと転向したのであった。このために父からは勘当され、若い芸術家の大半が経験する通りに、彼もまた貧困生活を余儀なくされた。しかしどんなに苦しくとも、父に泣きつくことと医者の世話になることだけは生涯するまいと心に誓った。エクトールが父と医学から取得したものはアヘンだけであった。アヘンはエクトールの大事な朝食。毎日自分の世界に生きるための源となった。

そんなエクトールが恋をした。たまたま観に行った演劇のヒロイン役の女優に、一瞬にして心底嵌まってしまったのだ。

ヒロインは音楽家に恋する役であった。音楽家は彼女への愛の歌を幾つも作曲した。やがてそれらの曲が街の人々の間で口ずさまれるようになり、彼も音楽家として成功し、二人はめでたく結ばれる・・・という単純なラヴストーリーであった。

「これは僕のことだ。貧しい音楽家が美しく心やさしい娘と偶然出会う。でもそれは偶然なんかじゃない。神の配剤によるものなのだ。二人は必然的に結ばれたのだ」

「僕はたまたまこの芝居を観に来た。そしてたまたま数メートル先の舞台に美しい乙女が立っている。そしてたまたま彼女が客席へ目をやった時、僕の目とぶつかった。たまたま・・・ちがう、これは宿命なのだ」

人気女優ハリエットの許には毎日何十通ものファンレターが届いていた。ハリエットは多忙な日でも、就寝前のひと時に必ずそれらに目を通していた。時折心無い者の中傷や誹謗の手紙もあったが、概して彼女を讃え、自信を与え、気持ちよく眠りにつかせてくれるものであった。そんな中にエクトールの一通も混じっていた。

エクトールにとっては、それはファンレターではなく真剣なラヴレターなのであった。従ってハリエットは真摯に返事をよこさねばならなかったのだ。しかし数週間経っても返事は来なかった。エクトールは再び、さらに熱のこもった手紙を送った。自分はあなたが愛すべき運命の音楽家であることを告げ、愛の歌を一曲献呈した。けれども返事は来なかった。それから一か月後、ハリエットはある俳優との婚約を発表した。


エクトールは報復を決意した。返事もよこさぬ非礼に対してだけではない。神によって定められた運命を自分勝手に裏切ったハリエットが許せなかったのである。

彼はなけなしの金で、ピストルと毒薬と鬘と女性用の赤いドレスを購入した。計画はこうである。彼女のいる劇団本部に潜入し、稽古の合間を狙って殺害する。できれば至近距離から射殺したいが、もしそれが無理な場合は彼女のグラスに毒を混入する。どちらにせよ女装が必要である。それに変装することは、即ち女優である彼女へのジョークにもなる。そう考えてエクトールはほくそ笑んだ。

彼は夜行列車に乗り込んだ。明朝早くに着く予定である。深夜コンパートメントの中で、彼は旅行鞄を開けて道具を点検した。それらを見ていると実行する様々な場面が次から次へと想像され、それだけで興奮してくるのであった。エクトールは上着の隠しポケットからアヘンの袋を取り出して一服した。

しばらくすると恍惚とした気分になってきて、彼はドレスに着替えて鬘をつけてみた。ドアの裏の鏡に映して見る。髭を生やしているけれどもなかなかの美人ではないか。これなら怪しまれることもなかろう。エクトールは大笑いした。嬉しくて嬉しくて仕方なかった。あまりに楽しいので毒薬の蓋を開けて嗅いで見た。とても甘い香りがしたのでつい飲みたくなってしまった程だ。これなら大丈夫、気づかれることはないだろう。次にピストルを手に持って自分のこめかみに当ててみた。銃口が当たった瞬間の冷たい感覚が非常に心地よかった。これはぜひともピストルでいこうと思った。

その姿を鏡で眺めた。ところが鏡の中にいるのはハリエットだった。ハリエットが頭にピストルを当てられて恍惚とした表情を浮かべている。軽く開いた唇は「早く」と囁いているように見えた。

すると鬘の長い髪が少しずつ首に巻き付いてきた。まるで生きた海藻のようにからみついてきた。苦しいのか気持ちいいのかよくわからなかった。ただピストルを握った右手が小刻みに震え始めた。

「早く撃って」

鏡の中のハリエットが叫んだ。

大きな銃声が鳴り響いた。弾丸はエクトールの額を掠めて壁にめり込んだ。鬘の髪が数本飛び散っている。ハリエットが額から血を流しながらこちらを見て悲鳴をあげている。幾つもの足音がドアに近づいてくるのが聞こえた。エクトールは咄嗟に車窓を開けると、躊躇なくそこから身を投げ出した。赤いドレスが走りゆく列車の傍の闇の中にふわりと舞い降りた。

幸い落ちた所が湿地帯であったので大事には至らなかった。しかしながら列車から飛び降り、額に傷を負った女装姿の青年はそのまま精神病院へと収容された。

拘束衣で固定されたまま丸二日過ぎてようやく興奮状態が収まり、エクトールは鉄格子の入った数メートル四方の個室へと移された。毎食後多量の安定剤が投与された。次第にはっきりと自覚できる意志が失われていくことがわかった。やがて不明瞭な意識が感じ取るその感覚が果たして自覚と呼べるのかどうか、と考える思考も覚束なくなり、エクトールは身体と感覚の間を彷徨い始めた。

五線紙を自由に手にすることが許されたので、彼は初めて交響曲の作曲に挑んだ。手元にピアノがないため実際に音にして聴くことはできないが、彼の頭の中には完全な音階が組み込まれていたし、本当のところ今の彼には現実の音など必要でなかった。

作曲していると、ふと一条の陽光が窓から差し入ってエクトールの目を照らした。彼は一瞬のうちにその光の中に春と、花いっぱいの野と、その上を飛び交う蝶たちを見た。彼の想像力はたちまちその一枚の絵に生命を与え、一本の音のフィルムに仕立てた。

蝶が二匹ずつ何組ものペアになって、各々目まぐるしく上下左右に舞いながら体を入れ替え、それぞれのペア同士も位置を変化させながら旋回している。さながら舞踏会のように。蝶の下方では様々な草花が、大勢の人が肩を組んで歌を歌っているかのように大きな波のうねりを繰り返している。

と、いつの間にかその草花を真下に見下ろしている僕に気が付いた。そこでよく見ると僕の身体は蝶になって宙を舞っていた。ペアの相手は全身真っ赤な蝶のハリエットだった。顔は蝶の顔だったけれどもハリエットであることはすぐにわかった。赤い匂いがプンプンしていたから。でもハリエットは僕がエクトールであることがわかっていないようだ。こっちはちゃんとエクトールの顔をした蝶なのに。

蝶のハリエットはとても優雅で、僕のステップにきれいに合わせて踊ってくれる。周りを見ても僕たちほど呼吸の合ったペアは他にない。みんな僕たちを羨望の目でチラチラ見ながら踊っているのがわかる。そこで僕たちは思いっ切り派手に、アクロバティックな舞を披露しながら飛び回った。

少々疲れたのでケーキのような菫の花に一休み・・・エクトールは我に返った。手元の五線紙には美しいワルツが出来上がっていた。

ある夜中、強い風雨に目を覚ましたエクトールはそのまま寝付かれず、ランプを点して作曲し始めた。時折遠くで落雷が鳴っている。風が何か意味あり気に吼えている。窓を打つ雨は嘲笑を含んだお喋りにも聞こえる。

突然楽譜の上の音符たちが動き出した。二分音符、四分音符、八分音符、それに休止符、ト音記号、フェルマータまで、みんな立ち上がってあちこち好き勝手に跋扈し始めた。お互いぶつかって倒したり倒されたり、楽譜の上はまるでお祭り騒ぎとなった。ガヤガヤしたざわめきまで聞こえてきた。子猫たちの戯れのようにみんな無垢で、それゆえ危なっかしいほど元気であった。

そこへやおら窓から黒いものが侵入して来た。煙にしては重量感があるし、生物にしてはあまりに不定形すぎた。そいつはどんどん入ってきて、窓の下に積み重なっていく。そいつがけっして歓迎されるものでないことは、今まで陽気にはしゃいでいた音符たちが皆一斉に部屋の四隅に避難して、お互い抱き合いながらガタガタ震えているのを見ればわかった。

　そいつは部屋の三割くらい占めるほど山積みになると、次第に丸まってきてついには大きな首となった。しかしそれは人間の顔とは程遠い虎魚か蝦蟇のような容貌であった。そんな醜い首がどんと部屋の中央に居座ってエクトールを見つめながら、フィーフィーと薬缶が沸騰するような笑い声を立てるのであった。美を愛するエクトールにはこんな顔は見るに堪えられなかったけれども、この狭い拘束室から逃げ出すこともできず、一つの壁にぴったりと張り付いているしかなかった。

　すると化け物首の口が大きく開き、さらに大きく開いて裏返しになると、そこに鋼鉄製の歯車が一つ出てきた。直径二メートル、厚みはその三分の一くらいであろうか、巨大なものだ。それがぐるぐると規則正しく回転しながらじわじわとエクトールに向かってきた。一つ一つの歯が確認できる程のスピードであったが、その厳格なまでの正確さにエクトールは彼の父親を連想した。

　ついに壁に固まっているエクトールに巨大歯車が衝突した。ガリッという気持ち悪い音がしたと思うと、壁に大きな亀裂が出来たのでエクトールは急いでその中へからだをねじ込んだ。中はトンネルのような洞窟になっていた。彼は一目散に奥へと走っていった。確かに地を蹴って走っているのだが、足にその感触がまるでなかった。それに灯もないのにぼんやりとではあるが洞窟の壁を目で捉えることができた。

　その壁から色んなものが次々と出てきた。胴体のやけに長い豚やら、身体中に針をとがらせたヤマアラシのような鯰やら、翼と尻尾の生えたテーブルやら、うじゃうじゃと手足の多いピアノくらいの大きさの亀だとか・・・。よく見るとみんなハリエットの顔をしていて、怖い目でエクトールを睨んでいた。これより先へ進むのは無理だろうと、エクトールは踵を返すとより速度を上げて走った。案の定化け物たちは追ってきた。危うく大きな口に噛みつかれそうになったり、犂のような爪で引っ掻かれそうになったけれども、何とかかわして逃げた。いっそのこと喰われてしまった方が楽になるのではないかと思ったりもしたが、それでも走り続けた。

やっと向こうに、入ってきた時の裂け目が明るく見えた。エクトールは必死で駆けてそこを通り抜け、元の拘束室へと戻った。巨大歯車はもうなくなっていたけれども、肉体のエクトールがバラバラに切り裂かれてあちこちに散らかっていた。すぐに後から化け物たちもぞろぞろ続いて入ってきた。こんな狭い部屋の中ではたちまち捕まってしまう。・・・すると音符たちが次々に肩車をするように重なっていき、みるみるうちに梯子が出来上がり、それは窓を突き抜けて夜空に向かっていた。エクトールは迷うことなくその梯子を駆け上がっていった。音符で出来ているので一段一段踏む毎に音が鳴った。色々な音程でしかも様々な楽器の音色がしたので、交響曲のようなハーモニーが奏でられた。

しばらくして下を見ると病院は随分小さくなっていて、梯子も途中で無くなっていたので化け物たちも追って来ることができなかった。見上げると梯子は天の果てまで伸びているようで、先は闇の中に溶け込んでいた。そしてその周りには無数の星が、いや無数の音符たちが彼を歓迎するかのように煌めいていた。

第8話 「失われた小銭への怒り」

ベートーヴェンが25歳くらいの頃、ハイドンやモーツァルトの楽曲の研究に精励し、自作のピアノ三重奏曲やピアノソナタを手掛けていた頃である。生来の極度の集中力と興奮から忽ち激怒してしまう性分は、自ら心得ながらも如何ともしがたいものであった。

ある日、外出から帰ったベートーヴェンはポケットから小銭を取り出し、無造作に仕事机の上に投げ出した。結構金銭に細かく、一枚ずつ数えていくと1ペニヒ足りない。机の下を見てもない。タンスの下に転がったのかと、床に伏して探したが見当たらない。山積みの楽譜を掻き分けて探す。・・・次第にその手つきが慌ただしくなってくる。ゴミ箱を蹴り飛ばして中を探る。・・・ない、どこにもない。

「あの文具屋のおやじが釣銭をごまかしたんだな！　あの萎れた花芯のような目はずっと伏見がちだった。きっとやましいことを企んでいたにちがいない」

拳で机を一つ叩く。

「いや、帰りがけに馬車にぶつけられそうになって跳ねのけた時に落としたのかもしれない。街中をあんなスピードで飛ばすなんて、あの青二才の御者め！　あいつのせいだ」

両手で二つ叩く。

猫が咽喉をゴロゴロ鳴らすように、立ったまま机を両手で押し潰すようにしながら呟く。ブツブツモゴモゴと五六分も続くと手が痺れてきて椅子に崩れ落ち、大きく一息つく。

無意識に右手指が机をカタコトと弾いている。・・・半意識となってそれに左手が加わる。音程のないカタコトだが、かなり速いリズムで疾走している。・・・すでに彼の頭の中では、音の追求から音楽の創作へと始まっていた。

クラヴィーアの椅子に掛けて演奏。・・・コインが転がるように音が流れる。

ちがう。転がっているのはコインではない。コインを失くした俺があちこち転がり回っている姿だ。ハハハ、実に滑稽だ。1ペニヒのために床に這いつくばり、机の角に頭をぶつけ、ゴミ箱を蹴り倒し、楽譜をバラバラにして・・・大笑いだ。

モチーフは感情から生まれる。しかし感情の赤裸々な露出は単なる騒音にすぎず、さらにそれが脳に伝わって忌まわしい感情を高めることになる。悪循環！（と、鍵盤を拳で一打）

感情の炎を蠟燭の炎に移さねばならない。落ち着いた蝋燭の炎は感情の点火ではなく感性の灯火、監査する明かりとなる。この明かりの下で音符を組み立てる。絨毯を織り上げるような技術をもって。技術は理性の保護と監視の下で磨かれる。・・・感情がモチーフを生み、感性がそれを躾けて、理性が作品に育て上げる。

これまでの先人達の作品は理性が勝っている。確かに技術は不可欠、芸術の土台となるものだが、これが過分に勝ると生命力が乏しくなる。これからの音楽はもっと感情に重きを置いていいのではないか。もっと言うなら自分の感情を自信をもって語るべきではないか。ただし、これが勝り過ぎると品位が下がる。・・・ディオニソスとアポロンの配剤。

俺の音楽はすべて単純なモチーフから構成される。実際一つのモチーフから十でも二十でも、いや三十だって変奏曲を作ってみせよう。・・・そうだ、いつか一つのモチーフからなる一曲の交響曲を仕上げてみせよう。一枚岩の骨格に逞しい手足をつけた恐竜のような交響曲を作ってみたい。

はたしてかの小銭はいずこに？　路上か床の上か、はたまた誰かのポケットの中か金庫の中か。いずれにせよ冬眠中の幼虫のようにじっと蟄居して活躍する時を待っているのだろう。一方それを失くした俺の頭と心はコマネズミが如く動き回っている。主を失くした小銭の視点に立てば、俺の方が行方不明者ということになるのだろう。

（無窮動のアルペジオが鳴り続く）

つまり、そういうことだ！

　このピアノ小品「失われた小銭への怒り」の正式名は「ロンド・ア・カプリッチョ」作品129である。作品番号から察すると晩年の作品のように思われるが、実はベートーヴェンの死後に発表されたものである。若きベートーヴェンがクラヴィーアの前で自動思考するうちに出来上がった、一つの精神の「習作」と考えていいだろう。

（完）

超短奇譚

第1話　「歯痛」

梅雨入りして一週間になる。今年の梅雨はじめじめと小降りが続くかと思うと急に雷雨となって、ピンポイントで記録的な豪雨となったりする。近年地球温暖化のせいか、確かに自然のリズムが狂っているように感じる。とんでもない災害が各国各地で発生している。

私はというと、そんな異常気象とは関係なしに、子どもの頃からこの時期になると奥歯が疼いてくるのである。梅雨とどういう因果関係があるのかわからないが（医者も笑っているだけ）、ともかく背中がじめじめする季候になると奥歯がズキンズキンしてくる、お決まりの症状なのである。

夕方歯科医へ向かった。家を出た時はしとしとの小降りだったのだが、五分もせぬうちににわかに黒く重たい雲が空を蔽い、その中を何本か稲妻が走った。丁度橋を渡る所に来ていて、周りには何もなく雷が怖かったので、駆け足で橋を渡り始めた。

と、橋の真ん中あたりに来た時、視界の端に何か気になるものが目に入った。足を止めて下方を見ると、川っ縁で何かがピチャピチャしているのが見えた。激しい雨に遮られてよく見えないのだが、大きさは柴犬くらい、けれども全体にもっと平べったく、それに毛もなくヌルヌルした感じ、色は辺りの草よりもやや濃い緑色。

そいつはちょうど人が腕立て伏せをしているような格好で、頭を突き出して頻りに舌を伸ばしていた。よく見るとイモリかトカゲかを喰っているようだ。雨をはじいているその背中は亀の甲羅のようにも見える。

その時近くに落雷したらしく、凄まじい稲光と同時に轟音が響いた。私は夢中で欄干にしがみついた。するとそいつはスーッと二足立ちになって私の方を見上げた。カマキリのような三角頭にギョロ目玉。大きく裂けた口をいっぱいに開いてピーッとひと声叫び、即座に川にとび込んだ。あとは川面を雨が激しく打つばかりで、その姿はもうどこにも見られなかった。

「河童・・・」私は思わず呟いた。と、また轟音がしたので、一目散に橋を渡り切った。


「いつもの梅雨痛ですか」と歯科医は笑って言った。

「本当に、何か関係があるんですかね。・・・たとえば祟りとか」

「タタリ?」先生がプッと吹き出したので、私は黙りこんだ。

黙っていたい時に「はい、口を開けて」と言われ、ダラーッと開けると何だかとても惨めな気持ちになった。そこへ例のピーッという、悪魔の機械が全く容赦ない唸りを上げてわたしの口の中へ入ってきた。・・・そうだ、この音だ。あの時聞いた河童の悲鳴そのものだった。

歯を削られながらそのおぞましい音に刺激され、脳内に様々な映像が浮かんできた。あの河童がじっと私を見つめている。正面から、背後から、時には頭上から・・・しかも随分前からだ。ひょっとして生まれた瞬間から監視されてきたのではなかろうか。何かの因縁? 大昔の先祖が河童をいじめたとか殺したとか。・・・河童は色々な角度からただじっと私を見つめている。

私は確信した。この持病は間違いなく河童の仕業であると。けれどもこんなこと誰に話してもとうてい信じてくれそうにない。私だけの秘密として奥歯にしまっておくしかないのである。

第2話　「お化け列車」

京都嵐山を走る路面電車のイベントに「お化け仮装」というのがあり、その日に上手にお化けに扮して乗ると乗車賃がタダになるという。

元々京都という所は鬼哭啾啾、魑魅魍魎が跋扈する、怪奇ファンのガイドブック筆頭の地である。名所があちこちにある。古よりその至る所で激戦が繰り広げられ、そのあまたの血を吸った土地柄。いまだにどこでも数メートル掘り起こせば人骨の一つや二つ出てきそうな感がある。「お化け仮装」なるイベントが催されるのも、そういう京都独自の風土の然るべく出産かもしれない。

さて、「お化け」と一括りに言っても貉、鵺、一つ目小僧、ろくろ首、のっぺらぼう等々のいわゆる「もののけ」から鬼、怨霊、幽霊、さらには西洋発の三大怪物ドラキュラ、狼男、フランケンシュタイン、それにミイラ、また近年流行のゾンビまで種々勢揃い。

イベントとしてメイク扮装しやすいのは、髪を振り乱した白い浴衣姿の幽霊か、黒のシルクハットにマント、人口牙をつけたドラキュラ、また体じゅう包帯でぐるぐる巻きにしたミイラあたりであろう。大学生が集団で乗り込んでくるものとしてはよくゾンビが選ばれる。全身を青味がかった土色に塗りたくり、口から血を垂らしてフラフラと酔っ払いのような足取りで車内をうろつく。

ゾンビとは一度死んだ人間が甦ってきて、生きた人間を貪り食うという種族である。するとある意味では、公金横領の政治家たちや悪質な詐欺犯などは、人間のメイクをしたゾンビと言ってもいいのではないか。映画を見ずとも現実にゾンビとの攻防が絶えない世の中とも思えるが・・・。

ある30代の女性客の場合。彼女は所用があって九州から来たのだが、こんなイベントのことはつゆ知らずに目的地に向かうべくこの電車に乗った。降りしなにお金を払おうとすると車掌が感嘆して言った。
「いやあ、すばらしいメイクです。乗車賃はけっこうです」

これは20代の女性。しとしと小雨の降る逢魔が時に乗ってきた。特にメイクなどしていないが、これが明眸皓歯に蜂腰の容姿。しかし全身が陰のベールで蔽われたような雰囲気。隣に座った狼男の扮装をした男の子が、それまで陽気にはしゃいでいたのに急転おびえたように押し黙ってしまった。彼女の席を中心として、陰の円周が徐々に大きく重く広がっていき、やがて車内全体が陰陰滅滅たるムードに圧迫された。

停車駅ごとに一人、また一人二人と降りていき、終点には彼女一人だけが残った。さて駅に着くと、彼女はスーッと流れるように車掌の許へ行き、
「これでも乗車賃いる?」
と言うや、首がにょろにょろと1メートルほど伸びて長い舌をぺろりと出してみせた。

しかしさすがに車掌は冷静であった。
「お客さん、これはあくまで仮装イベントですので、本物の方はちゃんと料金を頂きます」

作者がこの電車に乗ったのは十年ほど昔のこと。実際は仮装していても50円くらい支払うようであった。その後の情報は知らない。昨今コロナ禍でマスク着用となると、このイベントも難しかろうと思う。しかし新たに検索する気はない。フィクションの種は作者が育てるものと思っているので。

第3話　「ドラキュラ」

吸血鬼ドラキュラはこれまで何度も映画化され、Ｂ級ホラーものも含めれば百本以上あるのではなかろうか。実際彼は生まれ故郷のルーマニアに限らず、世界中に出没する。昔はコウモリに化身して飛び回っていたけれども、近年はコウモリ姿のまま貨物船や航空機に潜入して地球上どこへでも旅する。空間的移動ばかりではない。彼は数年、数十年と眠り続け、ある日目覚めると（あるいは何者かによって無理に起こされて）活動を再開するのである・・・と前置きはこのくらいにしておこう。何しろ超短編なので、ドラキュラに関する一般的知識にそんなに費やせない。要するに先日、東京でドラキュラが復活したのである。

２０２１年春咲き。東京は初めてである。しかし大都会というのは昨今どこも似たようなものだ。健康上の問題で昼間は出歩けないが、夜景？　というよりけばけばしいネオンと一晩中消えないコンビニの明るすぎる電灯。そう、街全体が明るすぎるのだ。それにけたたましく、ひっきりなしに往来する自動車にバイク。数百年前のあの格調高い月の香る夜など、今や砂漠か深い森の中しか残されていないのではないか。しかしそんな人のいない所へ行っても仕方ない。生きた人の血がなくては意味がない。・・・それにしても環境が悪い。食事は雰囲気で味わうものだ。静謐な庭の中、満月の光にほんのりと浮かび上がる美女の首筋。これほどロマンチックなご馳走があろうか。歯が喰い込んだ瞬間、ビクンとのけぞり揺れる髪のシャンパンのような馥郁たる香り。もう芸術と言っていい。・・・ところがここには闇がない。それに静けさもない。数年前にニューヨークに行った時もまいったが、ここはもっと酷いじゃないか。とにかくこの明かりを何とかしてほしい。非常に健康によくない。

昼間は眠っているので、自分の目で街の様子を見ることができず、テレビも見ないので東京の状況を知る術がない。夜、コウモリとなって、できるだけ闇の残っている近郊の公園へと出かける。木の上から一人歩きの若い女が通るのを待つが、そういう美味な食材はなかなか得られない。それに妙なことに気づいた。通る人間殆んどみんなマスクをしている。これが東京スタイルというものなのだろうか。それとも現代のファッションなのか。ともかくこれもうっとうしい。久々のご馳走と思ってマスクを剥がすとけっこう年増だったりして、食気も失せるし、実際少々錆びた血の味がする。ついでながら近頃の人間の血は概して不味い。豊潤なところがない。枯れた木の皮のような味がする。きっと人工的な食品ばかり食べているせいだろう。いつだったかマスクを取ったら男だったこともある。後姿はどう見ても女だったのに。それでも腹が減っていたので仕方なく吸ったが、あの昼間は胸やけがして寝つきが悪かった。

そんなこんなで数週間が経った。ドラキュラ氏、二三日前より体調がすぐれない。やたらと咳がでて、胸が締め付けられるように痛む。悪寒もする。

昼間分厚いカーテンをした暗闇の部屋にいても息苦しくて安眠できない。しようがないのでテレビをつけてみた。どのチャンネルもワイドショーばかりで、偉そうにした若者やら口さがないオバサンたちが専門家、批評家を名乗ってしゃべりまくっている。

それで初めて知った。新型コロナウィルス。

「ゴホン、ゴホン・・・そうかこれに感染したのか！　確かに直接吸血するだけにリスクは高い。ちくしょう、一体どの女にうつされたんだろう・・・ゴホン。それともコウモリ化身中に他のコウモリからか・・・ゴホン、ゴホン」

テレビから聞こえる絶え間ないおしゃべり、コマーシャルの眩しいほどのフラッシュ、奇妙なＢＧＭ・・・いずれも病身をきびしく鞭打つ。

「ああ、住みにくい世の中になったものだ」

第4話　「竜宮城」

昔々、陸の様子を偵察して来いと乙姫から令を受け、一匹の亀が竜宮城を出発した。太陽光のまるで届かぬ暗澹たる深海を何日も泳ぎ続け、ようやく光を感じる高さにまで来た時には、さすがの軍隊長の彼も手足はパンパン、息も絶え絶えの状態であった。

海面に顔を出した瞬間やさしい春の光に包まれて、即そのまま眠り込んでしまい、プカプカと波まかせに漂うのであった。

気が付くとどこかの浜辺に打ち上げられていた。と同時に恐怖でからだがこわばった。目の前に人間の足が二本、自分の頭を挟むように立っていた。それに右にも左にも後ろにも、さらにそれらを取り巻いてたくさんの足が見えた。キャッキャッ、ワイワイ、ガヤガヤとその足の主たち、人間の子どもたち、しかも悪ガキどもという種族に取り囲まれていたのである。

カツーーンと乾いた音がしたかと思うと、背中がジーンとしびれた。またカツーーン。ガキどもが棒で甲羅を叩き回しているのだ。慌てて首と手足を引っ込めようとしたけれど、泳ぎ疲れて筋肉が張っていたのと恐怖で毫も動かなかった。そこへ腕力のあるガキ大将の延髄への一撃は効いた・・・グギッという音とともに真っ暗になった。

再び目を覚ました時は、大きな水瓶の中にいた。後に知ったのだが、浦島太郎という漁師が浜辺で気絶しているところを拾い上げ、家に連れ帰って介抱してくれたらしい。その間何日経ったのか全く記憶にないのだが。

今は大分良くなった。手足はもうほぼ完全に回復している。ただ首筋がまだ時々疼く。左右には回るけれど上下に動かすとビリッと痛みが走る。けれども太郎さんが朝晩念入りにマッサージしてくれるので日に日に快方に向かっている。

食事にも色々と気を遣ってくれている。甲羅のヒビを直すためにはカルシウムがたくさん必要なので、シジミやタニシの汁を作ってくれたり、時にはドジョウやエビをご馳走になる。それにメダカや金魚のおやつまで。

そうこうするうちに歩行も可能となり、首の具合も大分良くなったので太郎さんに連れられて（悪ガキどもからのガードマンもかねて）浜辺を散歩した。海風を肌に受け、波しぶきを手足に感じた途端に故郷の竜宮城が懐かしく思えてきた。竜宮城を出てもうどのくらい経ったのだろう。乙姫様が心配しているだろうな。・・・そういうわけで太郎さんとも相談して、海底に帰ることにした。太郎さんのご親切は生涯忘れまい。

気は逸れどからだが十分に反応しない。もう少しリハビリしてからにした方が良かったかな、と思いつつも一生懸命手足をばたつかせて海の底へと向かった。

海底に達してからかれこれ三日近く泳いだけれども竜宮城が見当たらない。長年住んでいた所だ、間違う筈がない。確かにこの辺りなのだが・・・そこへ通りかかったヒラメに訊いてみた。

「竜宮城？・・・ああ、ワシのひい爺さんが子どもの頃に海底大地震があって沈んでしまった、とか聞いた覚えがあるがな」

哀れなるかな。陸に上がっているうちに百年もの星霜を経て、竜宮城は烏有に帰していたのであった。

第5話　「鏡の相棒」

姿見の中の自分を相棒と呼んでいる。

相棒の顔色を見ると、その日の自分の体調がある程度わかる。相棒があくびをすると私も眠くなってくる。相棒が赤い顔をして焦点の定まらぬ目でこちらを見ている時は、私も酔った気分になって何か一言言ってやりたくなる。

そもそも私は人付き合いが苦手な人間で、中学生の時不登校になったこともある。何とか高校を卒業してからも、色々な所で働いたけれど、結局みんな上司や同僚との折り合いが悪くてやめてしまった。あるいはやめさせられた。とにかく他人とはうまくいかない。これはかりはどうしようもない。嫌いな食材を無理に口に入れるよりずっと難しい。・・・ところが一昨年、両親が交通事故で急死してしまい、その遺産でとりあえずは口を糊している。殆んど外出することもなく、いわゆる引きこもり状態である。

しかし相棒とは気が合う。ほぼ同時に同じ行動をする。先日も相棒がいきなり壁にいた蚊を叩いたので、私もあわてて叩いた。危うく一瞬遅れるところだった。それを見て相棒がニタッと笑った。もちろん私も同時に笑い返した。

さて、そんな相棒と今たいへん面白いゲームをしている。早撃ちの決闘である。幼い頃から西部劇が大好きだったので、いつか瞬間抜き撃ちをやってみたいと思っていた。おもちゃ、と言ってもマニアの店で買ったので銃もベルトも見た目も格好いいし、重量感も文句ない。しかしこれだけで数万円もしたので、カウボーイハットはあきらめた。

相棒も同じスタイル、なかなか似合っている。

早速第一戦。「サッ」と口では言ったものの、指が引っ掛かって落としそうになった。お互い苦笑い。勝負は非常に低いレベルの相撃ちであった。

それから一週間に一度、毎日曜午後に決闘することに同意した。どちらかが勝つまで続ける。その間、即ち平日は決して銃を持って対峙しないこととし、お互い密かに練習することに決めた。私が一つのことにこれほど集中して取り組んだことは、これまでの人生になかったことだ。単純な練習だ。ガンベルトから銃を抜いて銃口を相手に向ける、ただそれだけの反復練習。毎日毎日何時間も黙々と繰り返した。

一か月ほど経った。つまりこれまで四戦したがまだ勝負がつかない。けれども二人とも間違いなく進歩している。抜く速さ、それに構える正確さがやる度に上達している。すでに一秒を切っていると思う。

さらに二ヶ月経った。その日曜の朝は爽快な気分で寝覚め、根拠はないけれども勝利の予感がした。勝負は午後三時、昼下がりの決闘である。

時が来た。お互い構える。相棒も自信ありげに見える。ニッと口半分で笑った。

サッ！・・・勝った!! 私が勝った。私の銃口は確実に相棒に向けられていたが、奴の銃口はほんの少し下がった所で止まっていた。

相棒は素直に負けを認め、そのまま背を向けて去っていった。それ以来その姿を現したことがない。・・・私の回りに誰一人いなくなった。

第6話　「栗太郎」

　桃太郎の話は誰もが知っているけれども、栗太郎の話はあまり世間に伝わっていないようなので、ここに記しておこうと思う。

　昔々あるところ。おじいさんは山へ柴刈りに、おばあさんは川へせんたくに行っておりました。おばあさんがおじいさんのふんどしを洗っておりますと、川上から大きな栗が流れてまいりました。

「こんなに大きな栗じゃ、栗ご飯にしたら何杯でも食べられそうじゃ」

さっそくそれに手を伸ばしましたが、ヂクリ！　殻の長い刺がおばあさんの手を傷つけました。

「こりゃかなわん。おじいさんに手伝ってもらおう」

　おじいさんも何とか川から引き揚げようとしましたが、あちこち刺されて血だらけになりました。

「こんなでかいのは食ってもきっとまずいにちがいない」と、腹を立てたおじいさんは棒でその栗を川下へ押しやってしまいました。

　栗はそのまま流れ流れて瀬戸内海の海底に沈んでしまいました。近くを通る魚たちが不思議そうに眺めます。

「何だろね、あれは？　ウニかな」

「それにしては大きすぎるよ。植物じゃないか？」

「あれだけ刺があればサメだって食べられないだろう」

「うん。しかしあいつ、どうやって生きているんだろう」

栗の中では、栗太郎がようやく状況を把握したようです。

「えらいことになった。川の途中で拾われて人間の子として育てられ、器量良しの娘と結婚して楽しい生活を送る筈だったのに・・・」

「さてどうしよう。このままじっとしていたら一生ここで過ごすことになる。青春も何もあったもんじゃない。ずうっと一人で何十年かして老いぼれて死んでいくなんて・・・おおヤダヤダ」

「だけど内からこの殻を割ったらたちまち大量の海水が流れ込んできて、即座に潜水病に罹ってしまうだろう。・・・どうしよう」と、途方に暮れる哀れな栗太郎でありました。

とその時、いきなり殻ごとググーッと引き上げられるのを感じました。ゆっくりと時間をかけて徐々に上昇していき、やがて殻を通して強い光を感じ取りました。どうやら海面に出たようです。するとバキバキという音がした（おそらく刺が折られたのでしょう）かと思うと、パカーッと殻が真っ二つに割られました。その割れ目にニューと顔が二つ現れました。赤鬼と青鬼でした。

そうです。栗太郎は漁に出ていた鬼ヶ島の鬼たちによって救われたのです。もっとも鬼たちとしては奇妙なものが網にかかったので、好奇心から引き揚げて中身を確かめただけのことなのですが。しかし島の鬼たちはみんな栗太郎をかわいがりました。

「頭のてっぺんが尖っているところがいい。丁度一本角のようじゃないか」

というわけで皆に歓迎されましたし、栗太郎の方も鬼ヶ島の生活が気に入ったようです。瀬戸内海の穏やかな気候とのどかな気分、それに鬼たちの豪快な気質も心地よかったし、何より海の幸に恵まれ、食を満喫しておりました。

栗太郎はこうして島の住民となり、やがて赤鬼の娘と結婚し子宝にも恵まれ、いかにも瀬戸内海風の悠々自適な生活を送っていました・・・桃太郎の襲来までは。

第7話　「仇討ち」

　高梨姉弟は這う這うの体で隠れ家にしている東屋に逃げ帰った。姉みねはその白皙の頬に刀傷を負わされ、弟忠吾は左腕を深く切り裂かれていた。お互いの応急の手当てをし合うと、心身ともの極度の緊張から解放され、そのまま滝壺に落ちるように眠り込んだ。

　事の起こりは六年前、姉弟の父高梨慎吾が同藩の大塚玄馬に斬殺されたことにある。またその原因というのが、当時藩の行政における対立。即ち知性と学問を重んじる高梨派と武道と忠誠心を旨とする大塚派との、丁々発止のやりとりの中で起こった事である。実際のところは杳としているが、夜道で偶然出会った慎吾と玄馬はそこでも激しく論争を始め、ついに抜刀騒ぎに至ったというのである。生き残った玄馬の言では、先に慎吾が抜いて切りつけてきたので自分は抜刀せずにその刀を奪い、殺意は毛頭なかったがつい斬ってしまった、とのことであった。事実血は慎吾の刀にのみ付いていた。結果この一件、慎吾に咎有りとなり、高梨家は断絶した。病身の妻ひさえは追うように逝った。そして残された姉弟は放逐の身となった。しかし高梨姉弟にはあの温厚な父が先に刀を抜くなど到底考えられぬことであった。すべて玄馬の奸計による裏の事実があるものと思われた。この時みねは十二歳、忠吾は十歳であった。

　それからの六年間、姉弟は刻苦精励しながら貧困の中を何とか生きてきた。それは偏に父の仇、母の無念を晴らすための一念によるものであった。

　剣術の稽古も積んでのことであったが、何分細腕と半ば子どもの力、練達の玄馬に適うわけがなかった。ずっと機をうかがって、玄馬が一人旅に出かけるのを待っての道中での仇討ち。しかし猫が子ねずみを弄ぶが如くあしらわれ、深傷を負わされた。

目覚めとともに傷が痛んだ。忠吾の左腕はだらんと下がったまま、ピクリとも動かすことができなかった。みねの頬の傷は、もう一生女らしく生きていけぬであろうことを告げていた。しばらく沈黙したまま互いを見合った。長年困苦をともにしてきた二人である。言わずと心の内を通じ合わせた。

「かくなる上は！」

　それから三日目のこと。玄馬が夜の宿場町をほろ酔い気分で遊歩し、外れの宿へ帰ろうとする途上。

「待たれ、玄馬」と鋭い女の声が呼び止めた。見ると白装束に襷掛けのみねが刀を構えている。

「おお、お前は高梨の・・・ふふ、顔の傷、似合っておるぞ」

とその時背後に殺気を感じ、振り向くと同じ装束の忠吾が上段の剣を振り下ろすところであった。

「いつの間に・・・」間一髪避けたものの、さすがの玄馬も慌てた。いくら酔っているとはいえ、二人の気配を全く気づかなかった自分を訝った。しかしそこは手慣れの玄馬、即座に居合抜きで忠吾の胴を真っ二つに・・・ところが刀は忠吾のからだを通り抜けて松の幹に深く喰い込んだ。抜けない。姉弟が両脇に立って睨んでいる。玄馬はまるで操り人形のように、声も出せずに左右へからだを振られ、ついに松に固定された自らの刀に左胸を突き刺した。

　姉弟はそっと笑顔を交わしてスーッとその場に消えた。二人の東屋には、互いの刃を胸に受け止め、抱き合うような形の屍があった。

第8話 「月光桜」

春先に信州に行って、とある露天温泉に浸かると直径1円玉くらいの湯精玉が数個浮いていた。紫色が鮮やかだが、大きさもどれも少々違っていた。高貴な品格ある紫には艶があり、おそらく成熟した湯精玉なのだろう。まだ淡い紫の小ぶりな湯精玉には乙女の恥じらいを感じる。一方ナスビのように濃い紫のは、少しぶよぶよした感じだが芯のしっかりした老妓を思わせる。

私はそれらをそっと掬い、瓶に入れて宿に持って帰った。外はまだ寒かったがとてもいい月が出ていたので、瓶を庇の上に置いて、一晩たっぷりと月光を浴びせてやった。

家に戻っても湯精玉はみんな元気だった。信州の月光がとてもおいしかったのだろう。からだの栄養だけじゃなく、心の生育にもとモーツァルトのディベルティメントを聴かせたら、瓶の中で活き活きとポップコーンのように跳ね回っていた。瓶の後ろの壁には墨絵の山水画が掛かっている。

一週間経った。そろそろ時期だと思えたので友人の知人の相対性音楽植物学の教授に相談しに行った。教授も湯精玉はそう度々手に入るものではないので矯めつ眇めつ眺めてから、これは稲荷神社の境内に植えたらいいだろう、と教えてくれた。何もお狐様の御力を借りようというわけではあるまいが、確かに境内は楚々としていて月の当たり具合も頗るいい。というわけで翌日友人と二人で、小高くなった所へ湯精玉を一つずつ埋めた。

通常なら桜が成長して花を咲かせるまでには数年かかるだろうけれども、湯精玉はわずか五日でいずれも成木となり、たちまち見事な月光桜を開花させた。一般の桜ももうすぐというところで、一足先の花見ができた。ほんのりと紫を帯びたピンクで、花弁が普通のより厚くて艶々している。特に月光を受けると、まるでお喋りでもしているかのように活気づいて豊潤な香りを漂わせる。けれども香りには尻尾がないので紐で繋いでおくことができない。夜風に流されてあたかもフーガのように次々と奏でられる香りの音楽を享受するしかない。

月光桜は持ちがよく、一ヶ月くらいは五感を楽しませてくれるのだけれども、今回は一週間もしないうちに問題が生じた。というのは不意打ちに役人が警官を連れてやってきて、湯精玉を勝手に持ち帰って月光桜を咲かせることは国家特定秘密保護法にひっかかる、と言うのである。

そんな法律など知らなかったし、何も見物料を取ったりして金儲けしようなどという魂胆は毛頭なく、ただ風情を感得しているだけだと説明しても聞いてくれなかった。

「そんなお役所根性は捨てて、あんたたちもとくと味わってごらんなさい」と言ったら、猛烈に怒り出して、その場で逮捕されてしまった。それに月光桜も没収ということになった。

二日後、多額の罰金を支払わされて身柄は釈放された。しかし神社の月光桜はすべて抜き去られ、閑散としていた。時が来ないと散るはずもない花弁がたくさん散っていたので、余計せつない想いがした。

教授によると、月光桜は開花中に抜いたりしたら、もう種子を残すこともなく即枯れ死してしまうとのことであった。

第9話　「プレデターの就職」

大阪のハローワークにプレデターが職探しに来ている。

相談員：プレデターはん、どうしなはったんです？　「八百屋」の仕事はあかんかったんですか。

プレデター：へえ。この前紹介してもろた時は簡単な仕事やし、人と話すこともないんでこりゃええわと思うたんですが・・・

相談員：何か不都合でも？

プレデター：へえ。癖というか習慣になってもうてるようで、カボチャとかスイカとか見てるとつい皮を全部削り取ってしもうて、それに長芋も寸刻みにしてしまいましてん。ほんでオカミサンに「このボケ、アホンダラ」怒鳴られて、大根でどつかれました。

相談員：スイカの皮剥いでもうたら商品になりまへんわな。それでクビでっか。

プレデター：そうでんねん。・・・何かええ仕事おまへんか？

相談員：ちょっと待ってください、検索してみますよって。・・・うーん、これなんかどうですか、氷屋さん。

プレデター：氷屋さんって、どんなことするんですか。

相談員：巨大な氷を切断して、それを運んでいったり。また小さく砕いた氷を袋詰めしたり・・・けっこう体力はいるようで。

プレデター：体力なら自信あります。でかい氷の切断なんかお手のもんですよって、わたいにぴったりですわ。ぜひお願いします。

というわけでこのプレデター、紹介状持って行きました。ちょうど夏場の忙しい時ですから、即活躍してもらえる

であろうと期待していましたが・・・

二日後、ハローワークで。
相談員：またあかんかったんですか。どうしなはったんです？
プレデター：はあ、それが・・・ご存知やと思いまっけど、わたいの目は熱に反応して見える仕組みになってまして・・・氷は全然見えんのですわ。どこ切ってええのやら皆目見当がつかんで・・・それに足元に散らかってる氷のかけら踏んずけて、滑って転んで後頭部激しく打ちましてな。ほら、ここ見てみなはれ、ごっついコブできてまっしゃろ。もう痛いの痛ないの。
相談員：氷が見えんのやったらどうもなりまへんな。
プレデター：他に仕事おまへんかいな。
相談員：うーん、困ったもんやな。待っておくんなはれ。ちょっと見てみますよってに。塾の先生・・・あかんやろな、この顔じゃまず生徒が引いてしまうしな。宅配便・・・字が読めんやろなあ。うどん製造見習い・・・あかん、全部細かあ刻んでしまいそや。やっぱり力仕事しかないやろなあ。
プレデター：体力やったら誰にも負けまへんよってに。よろしゅう。
相談員：あっ、これどうです。プロレスラーちゅうのは。
プレデター：プロレス！？・・・あ、いいかも。
相談員：こりゃきっとよろしいで。あんはん悪役にぴったりですやん。覆面かぶったら格好つきまっせ。それに少々ケガしても平気やろし。

こうしてプレデター、関西の某プロレス団体に入門しました。しかし、それからかれこれ三か月ほど経ちますが、まだデビューしたという話は聞きません。成功を祈りつつ、ここは一つ気長に待ってみましょう。

第10話　「お留守番」

従妹のMから聞いた話である。

Mが五つか六つの頃、K市の郊外の住宅地、と言っても当時は今のように密集していなくて、隣家との間も互いの庭や私道をはさんでいて、たとえば夜でもテレビの音量をかなり大きくして見ていても近所迷惑にならなかった、そういう所に住んでいた。

その日、お父さんはいつものように会社へ、お母さんはまだ幼い弟を連れて買い物に出かけていて、Mは一人でお留守番をしていた。マンガも見飽きたので、テレビをつけてぼうっと眺めていた。昼下がりで子供向けの番組などどこも流していない。ニュースは言葉が難しくて聞いていてもよくわからないし､ドラマも時々状況がわからなくなる。結局コマーシャルが一番面白かった。お気に入りのキャッチフレーズをタレントの仕種を真似ながらいっしょになって口ずさんでいた。

ある局で歌謡曲の番組があった。ちょうど大好きな歌手が大ヒット中の歌を歌っていた。途中で何度か手拍子が入るのだが、Mもすかさずそれに合わせて打った。パンパン。

とその時、どこからか別の手拍子が聞こえてきた。パンパン・・・自分のと少しずれて誰かが打っている。もちろんテレビの中からではない。誰もいないこの部屋の中で、自分以外の誰かが明らかにテレビに合わせて手拍子をとっているのである。

ゾッとしてMは即座にテレビを消した。・・・重たい静寂が部屋を包み込んだ。その重みに耐えかねてパンパンと手拍子を打ってみた。するとそれに答えてパンパンとお返しがきた。びっくりしたけれど場所がわかった。天井からだった。もう一度パンパン、するとまたパンパンと天井の隅から返ってきた。

そして少し沈黙があってから、天井の隅の板がスーッと開いた。Mがその四角い穴をじっと見ていると、そこにひょっこりとMと同じ歳くらいの女の子の顔が出てきた。それはとても親しげな、見覚えのあるような顔だったので、不思議とMに恐怖心は生じなかった。

お互い黙って見つめ合っていると、天井の顔がニタリと笑った。Mもニッと笑い返した。

「だーれ？」とM。しかし相手は笑顔のまま返事はなかった。

「名前は？」

「・・・・・」

「何してるの？」

「・・・・・」

するとの横から手を差し出してきた。白木を彫って作ったような手である。ニューといっぱい伸ばしてきたけれども、まだ高い所でぶらぶらしている。ニタリ顔のままぶらぶらしていた手をMに向かって招くように回転させ始めた。Mはピアノの椅子をその下に持って行って、それに乗って手をつなごうと思い切り手を伸ばした。互いの指がくっつこうとした・・・。

ちょうどその時「ただいま」とお母さんの声がした。途端に、絵本を閉じるように天井板が閉じてしまった。

Mはこのことを誰にも話さなかった。そして時折天井を眺め耳をすましてみたけれど、二度とパンパンは聞こえなかったし、天井板が開くこともなかったそうである。そしてこれはMがもっと大きくなってから聞かされたことだが、実はMより先に死産した姉がいたそうである。それがこの件と関係あるのかどうかはわからないが。

第11話　「抱腹絶倒」

三年前に東北地方をのんびりと旅行していた時の話である。東北へは二十年程前にも同様の気ままな一人旅を楽しんだことがある。出来るだけローカル線を乗り継いで、その時の体調と日の傾き具合で泊まる町を決めていた。あの時はたっぷり二週間かけたように思う。

三年前の旅も一人で気楽なものだったが、仕事の関係もあって六日間しか取れなかった。それで往復には新幹線を利用したが、仙台からはローカル線で、前回降りなかった町を中心に歩くことにした。

やはり大震災の傷跡は大きかった。特に海岸の様子は頭の中のスナップ写真とは大きく違っていた。まだ傷口がそのまま生々しい所もあれば、きれいに整備されて堅い都市として生まれ変わった町もあった。宮古で前泊まった海岸近くの民宿を探したが、町そのものが変わっていて方向の見当もつかなかった。奥入瀬の川辺をずっと歩いた時の爽快な気分とともに、つい人生を哲学してみたくなる雰囲気をもう一度味わいたかったのだが、時間の都合でできなかった。

さて、この旅のことで記しておきたい妙な事というのは、秋田の田沢湖近くのとある小さな町でのこと。これから帰途につこうとした旅の最後の日のこと。電車の中で食する弁当かおやつ代わりになるものでもないかと、そんな店を覗きながら歩いていると、一軒の和菓子屋が目にとまった。というのはそこに「名物ぼたもち抱腹絶倒」と書いた小籏がはためいていたからだ。名物と云われても初耳だ。とにかく中を覗いてみた。

どこにでもあるような和菓子が数種類ケースに並んでいた。五十くらいのおばさんとその娘らしい二人が土地の言葉で談笑していたが、私が入るとピタリと話が止んだ。奥に作業場があるらしく、何人かの男の声が忙し気に交わされていた。

ぼたもちもよく見かけるごく普通の餡餅ときな粉餅しか見当たらないので、

「抱腹絶倒っていうのはどれですか」とおばさんに訊いてみた。

「それですがの」と目の前のありきたりの一品を指した。

「・・・？　これがどうして抱腹絶倒なんですか。絶倒するくらいうまいの？」

すると女二人が、それが合図であったかのように顔を見合わせ、声をそろえて言った。

「お食べになるとわかりますよ」

何か特別な餡で出来ているのだろうか。ともかく見た目ではわからない。それに値段がついていない。

「一ついくらですか」

「一つ三千円です」

「三千円!?　ぼたもち一つが三千円なの？」

「お食べになればわかります」

二人はぴったり声を合わせ、屈託のない笑みを浮かべて答えた。

　私は誘惑に負けて抱腹絶倒を一つ買い、秋田を離れて夜、新幹線の中で食べた。・・・何の変哲もない、ただのぼたもちだった。


　二三日して、この話を友人にした。しばらく考えてからの彼の想像は以下の通り。


「母さん、やったね。これで五人目・・・いや、六人目だね」

「うん、みんなあのくらいの年齢のオッサンばかりじゃ」

「三千円のぼたもちじゃもん、拝んでから喰いよるんかの」

「そりゃうまかろう・・・ハハハ」

と、二人はあの後抱腹絶倒して語り合ったのだろう。

第12話　「ウサギとカメ」

おなじみのウサギとカメのお話。両者の立場から、もう少し考えてみよう。

ウサギは走っている途中、きっと後悔したことだろう。どうしてこんな馬鹿げた競走をしなきゃならないんだ。俺が勝つのは季節が巡るよりも明らかなことじゃないか。それをあの亀公ときたら、いくら説得してもやけに意固地になって挑んでくるもんだから、つい俺も受けちまった。まったく大人気なかったよ。・・・それにしてもつまんない。何の意味もない勝負だ。「カメと競走して勝った」なんて仲間に言えたもんじゃない。いや、そんなこと知られただけで汗顔の至りってところだ。と言ってこのまま逃げてしまうのも癪だし・・・。

と、ウサギは一休みに草の上に寝転がった。いい天気だ。ぽつんぽつんと浮いている雲はまるで温泉にでも浸かっているようにふわふわしている。気持ちよさそうだなあ。

目を閉じると森の中から小鳥の囀りが聞こえてくる。チッチッチャッチャッと家族団欒の様子が目に浮かぶ。・・・そういえばうちの母ちゃん、歳のせいか最近足腰が痛いって言ってたな。こんな馬鹿なことしてないで早く帰ってマッサージでもしてやりたいな。

おや、風が出てきた。ああ爽やかだ。気持ちいいなあ・・・と、ウサギはそのまま夢の世界へと入っていった。

一方、カメはマイペースで（それしかない。いくら速く歩きたくても身体的構造上できない）ペタペタと一足一足確かめるように地を踏んで前進、ゴールの山のふもとを目指していた。

「地道にコツコツとやり抜くこと、それが成功の鍵」これが我が家のモットー。死んだじいさんからいつも言われていたことだ。何事も慌ててはいけない。慌てると必ず心に隙が出来る。その隙を見つけて疫病神が入り込んでくるんだ。ある時は何かいい話をもちかけられて結局大損したり、時には勝ちを急いでちょっとしたミスに気付かず、結局最後はそのミスのせいで元も子もなくしてしまう。もっとひどい時には不注意で事故を起こし、大怪我してしまうことだってある。・・・桑原桑原。一歩一歩着実に、これしかない。

と、ゴールまであと数１００メートルの所まで来た時、ウサギが鼾かいて眠っているのを見た。

「勝った！」

いや、勝ちを急ぐと油断する。落ち着いて、着実に着実に。

「一日一歩、十日で十歩…」と心で歌いながら､ウサギを起こさないようにソロリソロリと通り過ぎて行くのであった。

それから一時間ほどしてカメはついにゴールに達した。筋書き通りカメがウサギに勝ったのである。からだは疲労困憊し咽喉も渇いていたが、この勝利感はそれらをはるかに凌駕するものであった。

ところが振り返った瞬間、カメは恐ろしいことに気が付いて思わず身を震わせた。そう、自分が半水棲の動物であることを思い出したのである。

「早く水に戻らなければ・・・」

しかしこれまでかかった時間と丁度同じ時間（スピードアップはできない）かけて、即ちまた数時間歩き続けなければ水を得られないのだ。疲れと渇きが一層重く感じられた。今すぐにでも戻らないと・・・。しかしウサギがまだ来ない。奴に俺の勝ちを認めさせるまでここを動くことはできない。…早く来い、ウサギ。眠っている場合か、起きろ、走って来い。

目が朦朧としてきた。苦しい。・・・やはり今から戻って、ウサギがまだ眠っていたらすぐに起こして、俺が先に着いたことを知らせてやろう。…ダメだ。奴がそんなこと信じるわけがない。ああ､何をしているんだ､早く来い。…来てくれ、頼む。・・・俺はもう・・・。

西の空が茜色に染まり、カラスがカメの頭上でカーッと一声、そのまま西へと飛んで行った。

第13話「昭和の駄菓子屋」

私の夢の中に出てくる家は、たいてい幼少期に過ごした時の家だ。関西にある小都市の一画である。誰もが経験していることであろうが、夢の登場人物には時空感覚というものがまるでない。みんな好き勝手に出てきて自由奔放にふるまっている。大学の時の友人と私の娘が同級生になって、その家の主人たる私と酒を交わしていたりする。また会社の同僚と町内会の人たちが一緒になって、見た目は大人なのだが、その家で隠れん坊して遊んでいたりする。先日見た夢では、甲冑に身を固めた私がトイレ（いや、当時のはトイレというようなものではない。直下式の「便所」である）に長時間立てこもり、それによってがまんできずに祖母がフン死したという悲惨なものであったが、それもかの家が舞台となっていた。とにかく「場」として幼い時の家がよく使われる。これを心理学的に分析すれば、何かトラウマめいたものでも発見できるのであろうか。

さて先日のこと、偶然ある用事があってその「家」の近くへ出かけることになった。それで帰りにそれこそ数十年ぶりでその地を訪れてみた。すっかり変わっていた。一画殆どが七八階建てのビルになっていて、オフィスとマンションばかりであった。何より距離感にとまどった。幼い私にはかなり遠くに思えた所が指呼の間であったり、通った小学校がこんなに近かったかと・・・。

ぶらぶらと近所を歩いてみた。よく遊んだTちゃんちもマンションになっていた。米と酒を売っていた小さな店がチェーン店の飲み屋に、よく立ち読みした本屋はコンビニに・・・歩いているうちに何だか頭がぼうっとしてきた。からだの回りの空気がぬめぬめと渦巻いているような感じで、目が重くなってきて、回転した後に見るようなチカチカした銀の光がたくさん泳いでいた。

そこに一軒、駄菓子屋があった。即時に思い出した。昔よくここで買ったものだ。いつもばあさんが店番をしていて・・・!? まったく変わっていない。昔のままの佇まい。今時こんな店に買いに来る客がいるのだろうか。自然と足は店の中へと入っていった。

「いらっしゃい」と声をかけたのは例のばあさんだった。その声も突如甦った。・・・まさか! 百歳をゆうに超えている筈だ。・・・娘? いや孫だろう。それにしてもそっくりだ。

私は足が地に着かない思いで、何と言ったらいいのか、何か買うべきなのか、頭がまったく回らずにいた。殆ど無意識に目の前にあった当たりくじのついたガム玉を一握り掴んで差し出した。

「35円」ばあさんは昔の通りぶっきらぼうに言った。100円出すと、手元の空き缶の中からゴソゴソと釣銭を数え出して、

「おおきに」・・・これも昔のまま。

私は次第に背筋が寒くなってきて、ついに一言も発せずに店を出た。それから数分間どこをどう歩いたのか、今まったく記憶にない。気づいた時は元私の家のあった辺りのビルの前だった。そこでずっと握っていたお釣りを見ると、真新しい5円玉があって「昭和四十年」の刻印があった。その時の私は何も考えられなかった。考えられないというより、自己防衛機制が働いて思考を停止させたというのが正解であろう。

買ったガムの包装を解くと「はずれ」の紙片が出てきた。昔の通りだ。・・・今時こんなガム、一つ5円で売っているわけがない。

第14話　「備前の窯」

「吉備津の釜」は『雨月物語』の中でも、そのおどろおどろしい描写に身の毛もよだつ一作である。今回はこれにヒントを得て。

源治は容姿端麗、頭もよく、一流大学を卒業して都内の某大手商事会社に就職。数年のうちに実績を伸ばし、上司の娘と結婚することになった。筋書き通りのエリートコースを歩んでいる。が、品行方正という形容を彼に冠するには、いささか抵抗がある。

新妻精良も明眸皓歯の美女、源治は特にその長い豊かな髪を愛し、ベッドの中ではその髪を自分の首に巻き付けて戯れるのであった。しかし精良はその名の通り、あまりにも清らか過ぎたのかもしれない。家事はもちろんのこと、全てにおいて完全にこなした。無菌室のように完全過ぎた。源治がそういう精良に物足りなさ、というよりも何か気おくれするのも当然のことだったのかもしれない。あまりに清い水に足を入れるのをためらうように。

そんな源治が関西へ出張した折に出会ったのが、京都の見習い舞妓の葵であった。二人はたちまち意気投合した。源治は葵といると日向ぼっこする猫の解放感を味わうことができた。・・・源治は出張と偽って、週末など度々葵の下に通った。

精良はそれに気づかぬような女ではなかった。がしかし、夫のメールを盗み見るような女でもなかった。静かな湖面のようにふるまった。

それから数か月後のある夜。源治は横で眠る葵の呻き声に目が覚めた。見ると何物かが葵の上に馬乗りになって見降ろしている。源治の悲鳴にその何物かが顔を向けた。夜叉のような形相をした精良であった。まもなく源治と葵の凍りついた目の中ですうっと消えていった。

我が家に戻っても、精良はいつもと変わらず静かに彼を迎えた。探りを入れてみても精良は本当に覚えのない様子であった。ところがその後も、葵と同衾するたびに精良のそれが現れて葵を苦しめた。実際葵は貧血気味で体重も減り、何より以前のような陽気さを失った。このままでは葵が取り殺される・・・。

源治はインターネットで「生霊」について調べ、関連した書籍を数冊読みあさった。そして生霊を止める方法、完全に阻止する手段は一つしかないことを知った。

数日休暇を取って、源治は精良とドライブ旅行に出た。源治は朗らかに夫としてのサービスを尽くし、精良も楽しんだ。しかし車が岡山の山奥、人気のまるでない備前の古い窯が放置された所で止まった時には、さすがに当惑した。精良が尋ねようとした瞬間、その声は喉元で源治の両手で押し潰された。

源治は手引書の通りに実行した。大きなハンマーで精良の身体中の骨を何度も何度も叩いた。半時間程叩き続けて、人の形が失せ、血まみれのナマコのような塊となった。そこに塩を三握りまぶすように塗り蔽った。それを持ち上げ、こぼれ落ちた肉片は一つ残さず拾い上げて窯の中へ入れた。そして千度近い火力で焼いた。指示通り薪を絶やすことなく、24時間一睡もせずに焼き続けた。

窯を開けると、灰の小山しか見えなかった。火掻き棒で掻きまわしてみると、何かが絡まるのを感じた。引き出して見ると黒髪が元のまま、まるで生き物のように蠢いて火掻き棒を螺旋を描きながら登ってきて、あっという間に源治の腕に取り付き、そのまま首に巻き付いた。

源治は呻き声も出せず、やがてボクッと鈍い音とともに首が不自然な方向に垂れた。と同時に黒髪も灰と化した。

第15話　「山小屋にて」

初秋。いつもながら私は単独登山、槍ヶ岳を目指していた。電車の到着が遅れたため、駅からの出発時間も2時間ほど遅れてしまった。北アルプスでは9月下旬ともなるとあちこちの山小屋が閉じられてしまうので、少々無理してでもまだ開いている目的の山小屋までその日のうちにたどり着かねばならなかった。

気持ちは若いつもりで逸っていても、身体がついていかない。登山しているとつくづく歳を感じさせられる。肉体の疲労と頭は半ば恍惚状態で、小屋にたどり着いたのは7時近かった。本来なら夕方の内に着いて、翌朝の早い出発に備えるべきところなのだが。

小屋では管理人二人と中年夫婦、大学生四人組、そして単独行の若い女性が夕食後の集いを楽しんでいるところであった。私は提供してくれた食事をとりながら、皆のお茶会（コーヒー、茶、フライドポテト、スナックなどをつまんでいる）に加わった。楽しい雰囲気であった。ただ一点、とても気になることがあったのだが誰もそれに気づいていないのか・・・。いや、そんな筈はない。みんなはっきりと見えているにちがいない。気づかないふりをしているのか・・・？

大学生の男二人はビールを片手に赤い顔して、時折卑猥なジョークを入れては女学生に叩かれたり抓られたりして喜んでいる。中年夫婦も自分たちの大学生の頃を思い出しているのか、心底嬉しそうだった。管理人の若い二人はストーブの薪に気を配りながら、山に関する話題を提供している。単独行の女性も慣れているのか元々気さくな性格なのか、学生たちとふざけあっている。

私が気になるのは実はこの女性なのだが・・・太い尻尾が生えているのだ。ジャージパンツからにょきりと、狐の尻尾のようなというか、見事な逸物が出ている。彼女が笑ったり興奮したりすると、尻尾も大きく上下左右に振れる。それに気が付かない筈がないのに、誰もまったく無視して普通に談笑している。・・・どっきりカメラ？　と一瞬思ったが、こんな山奥の小屋だ。

「昔はもっと寒かったんだが」

「50を過ぎると急に体力が落ちてくるわね」

「近頃は中高年ばかりで、若い人が少なくなったね」

「僕たちの部員も年々減ってきてます」
・・・お喋りが続く。
　管理人が食後のコーヒーを持ってきてくれた時、彼は尻尾を跨いで来た。

「砂糖とミルクはどうしましょう」

「え、ああ、ミルクだけでいいです」

　私は彼女がポテトフライのケチャップをしくじって尻尾に落とすのを見た。そこですかさず言ってみた。

「あのうお嬢さん、足にケチャップがつきましたよ」

彼女は「あらっ」と尻尾を持ち上げて、それをペロペロ嘗めた。それを見てみんな一斉に大声で笑った。けたたましく私の方を見て、学生たちは私を指差して笑った。彼女も尻尾をバンバン床に叩きつけて笑った。管理人と中年夫婦が腹を抱えて笑った。

　小屋中、私を笑った。

第16話　「マッチの嘆き」

近頃とんとオレを使う人間が減ってしまった。今の子どもにはまともに擦ることが出来ないのがいるどころか、オレの存在すら知らないのも少なからずいるという。・・・「マッチ売りの少女」は本当に不憫な子だった。

オレが発明される以前は、石と石をぶつけあったり、木をこすり合わせたりして火を起こしていたそうだが、いずれも労多くして実少なし。何より不細工だ。一言で言うならば「野暮」なやり方だった。

それに比べてオレたちマッチは何と「粋」なことだろう。頭を擦られて、それも一回でシュッと発火させられた時の手ごたえの快感と言ったらない。そして追い包むように漂う燐の香り。キスの相手が高級葉巻だったりしたら、もう冥利に尽きるというものだ。また美女の指に挟まれて長らく、軸のギリギリまで来た炎でコンロやストーブに点火した時の達成感・・・。オレたちがずっと天下を牛耳っていたのだ。

ところが気障なライターの出現にその王座を奪われてしまった。人間たちはあいつ等を便利だとか格好よく思っているらしいが、火をつけるという大仕事には奴らは全く相応しくない。「味気ない」のだ。譬えて言うならデジタル時計のようなもので、ただ「時刻」を知らせるだけで、そこには「時間」がない。それに対しオレたちマッチはアナログ時計。回転する針が時間を作るように、丁寧に火を生み出すのだ。

本当にライターって奴には腹が立つ。それも何万円もするような高級品ならまだしも、百円の使い捨てどもに負けたのが何とも悔しい。現代人は何でもかんでも安価で便利という点ばかりを重視して、物を五感で楽しむことの価値を無視している。誠に遺憾に思う。

少し前までは実際に使用されなくても名刺代わりに、例えば喫茶店の開店祝いなどの粗品として配られていたのだが、それももう見かけなくなった。そもそも純喫茶自体が絶滅危機に面しているようだ。悪趣味のせわしないカフェが主流になっている。全く現代人というのは、落ち着いて音楽を聴きながらゆっくりタバコを味わうということを忘れてしまったのだろうか。昔は「名曲喫茶」があちこちにあって、タバコの煙が染みついたテーブルの片隅の灰皿にオレたちが待機していたものだった。

そうだ、タバコそのものが蛇蝎が如く、文字通り煙たがられる当世、これが何よりオレたちを追いやった元凶だろう。実際喫煙がからだに良いとは言えないけれども、大昔からずっと人間の嗜好品の代表格だったのだし、ヘビースモーカーの中にも長寿をまっとうした人は数多くいる。ということは何も喫煙だけが大きな死因というわけではあるまい。それに地球温暖化に喫煙が一体どれだけ影響を及ぼしていると言うんだろう。もっともっと遥かに恐ろしいモノが作り出されているのは明らかだろう。ひょっとして禁煙ブームというのは、そういうモノを隠蔽するためにカモフラージュとして利用されているのではないか、そんな気もする。

我田引水と思われるかもしれないが、人々が従容とタバコをくゆらし、マッチの手触りを感じるようになれば、それが人生を豊かにし、もっと平和な世の中となるであろうに。・・・世知辛い世の中になったものだ。

第17話　「闇の雪」

私は先天性の盲人、生まれた時から全く目が見えません。明るさは感じられますが、色という認識は人から聞いた知識による自分なりの概念でしかありません。光を白、闇を黒として両端に置き、その間に赤だの黄色だの緑だのがあるのでしょうが、はてどのように違うのやら、さっぱりわかりません。ただ、例えば植物は緑だと聞いているので、手に触れた草や木の葉の感触とその匂いを「緑」と結び付けて覚えているのです。他では、赤は血の色です。水よりもべたついた、そして少ししょっぱい感覚です。

未だにわからないのが遠景というイメージです。近くの物と遠くの物が重なって見える。近くの物は大きくより鮮明に、遠くの物は小さくぼやけて見える・・・ということですが、実際の絵として浮かんでこないのです。

しかし、こうやってもう三十年も生きてきたんですから、日常生活に特に不便は感じません。と言うか、あなた方の言う「不便」の中でどっぷりと慣れてしまったということでしょうか。

ついでに言わせてもらえば、皆さんは闇が怖いとか、ウィルスが恐ろしいとか、要するに目に見えないものを怖がりますが、私にとっては初めっから何も見えないんで、特に何が怖いってものはありませんね。見えないものが怖いなんて言ってたら、私どもは生きていけませんので、はい。・・・いや、実は一つだけ怖いものがあるんです。とてもとても恐ろしいものが・・・それは雪です。

雪は白。純粋なイメージとして勝手に作り上げている人が多いんじゃないでしょうか。降り積もった雪で一面の銀世界、そんなにロマンチックな景色なんですか。私にはただまぶしい昼間という時間を空間に張り巡らしただけの、何とも退屈な像にしか映りませんが。

正直なところ、私は雪が降ってくると、もう落ち着かなくなるんです。何も寒いからではなく、からだの内から悪寒を感じるんです。だって、払っても払ってもへばりついてくるあの執念深さ。顔や手に確かに形あるものとして触れてくるのに、触れたとたんに水滴と化す。それが次から次へと際限なく私を襲ってくる。

一方で、雪はすぐに溶けずに一つ一つが合体して大きな塊となって積もっていく。その様子は、丁度蟻が大群をなして大きな動物を倒しにかかる、そんな風に思えるのです。

皆さん、本当に気をつけてください。雪は恨みや憎しみをもって死んでいった人間の怨念の結晶なのかもしれませんよ。そしてそれが集合体となると強烈な悪意を持つようになるのです。そして恐ろしい力を発揮するのです。それは魔力です。実際冬山でこれまでにあまたの人間を殺してきたじゃありませんか。雪崩は完全に奴らが意図的に人を襲っているのです。また冬の遭難も、その殆どが雪の仕業、奴らが行く手を妨げ、人の方向感覚を狂わせているんですよ。そして耳の穴やら鼻の孔から入り込んで脳へと侵入し、中枢神経をズタズタにしてしまうんですよ。行方不明者の多くはきっと奴らに丸ごと食べられたんじゃないですか。

私には見えるのです。あなた方には見えないけれども、私には雪の本性が見えるのです。だから怖いんです。降り積もった雪のあちらこちらで大きな口をあんぐりと開けて、人が近づくのを待っているのが見えるんですよ。皆さん、本当に気をつけてください。雪は魔物です。

第18話　「雪女」

信州へスキーに行った。学生の頃は毎年来ていたが、勤めるようになってからは二三年に一度がせいぜい。今回はコロナ禍などの世情もあって五年ぶりだ。十年くらい前から外国人客が目立つようになってきたが、昨今では日本人客の方が少ないくらいだ。それに大半がスノーボード。私たちのような昔ながらのスキー組は少数派、どこか肩身狭く感じてしまう。

私たちというのは学生時代からの友人で、お互い家族を同伴することもあるが、今回は私たち男二人だけ。スキーの後は献酬しながら思い出話に花を咲かせるのであるが、この歳のスキーは体力をかなり消耗させるようで、一時間もすると二人とも口が重くなり、そのまま床に就いてしまう。

さて今回は二泊三日の逗留であったが、二日目の夜間スキーでのことである。ここSは大きなスキー場であるが、ナイター設備があるのは一部のゲレンデだけである。その夜は少々荒れ模様で吹雪いていたので他の人影は少なかった。私たちは空いていて好都合と、呑気にリフトに揺られながら上がっていった。上からの眺めは昼間と違ってパノラマ観はなく、照明灯がコースのみを闇の中に浮き彫りにし、その区切られた光の中を雪が乱舞していた。

来る前に一杯ひっかけたのが悪かったか、私は足元のバランスを崩してコースから外れてしまい、さほど急な斜面ではなかったが暗闇の中なので思うように体を制御できず、ズルズルと下って行った。平らになって止まったけれど、一面の闇でまったく見当もつかない。右手が落ちてきた斜面のようで、上方にコースの照明灯が並んでいるのが見えた。スキーで登るのはきつそうに思えたので、スキー板を外しにかかった時である。風に混じって妙な音がするのに気づいた。猫か赤ちゃんのように聞こえたが、こんな所にいるわけがない。・・・それが次第に大きく、即ち近づいて来るのがわかった。それは若い女のすすり泣く声に最も近いと思った。同時に周りの空気が何だか重たくなってくるのも感じた。暗くて見えないけれども、知らないうちに周りを壁で囲まれたような、あるいはどこか狭い部屋に閉じ込められたような。・・・と、雪に混じって何か柔らかくて冷たいものが頬に触れるのを感じ、思わず悲鳴を上げた。丁度そこへ友人が懐中電灯を点けて降りて来てくれた。どうしたのか彼は数歩先で急に立ち止まり、何かもぞもぞしている様子だった。それから黙って近寄ってきた。彼は私よりも震えていた。寒さのためではなさそうだ。その顔が引きつっていた。

そのまま共に宿に戻り、まず温泉に直行。その間二人とも全く口をきかなかった。顎が定まっていないのと、気分が落ち着かないのと、・・・。部屋でコップ酒をほぼ一気呑みしてからようやく彼が口を開いた。

「あの時俺は見たんだ。お前の真後ろに白い浴衣姿の女が宙に浮いていたんだ。咄嗟にスマホで撮った。見てみよう」

しかし女の姿なんてなかった。スキーとストックはちゃんと写っているのに、私の姿もなかった。

第19話　「因縁」

昔、ひとりの修行僧が旅していた。この僧、その前年まで武士であった。剣の腕はかなりのものだったが、上役の夜郎自大な性格と人を顧使する態度を不服とし、また家族親戚との関係もままならず、何やかやと厭世観が募っての出家であった。

風の流れや日の照り陰りを肌で直接感じながらただひたすら歩いていると、次第に虚心坦懐なる心構えが養えていくのを覚え、それは武道の鍛錬と相通ずるものがあると確信した。

この僧がある山裾の小川の土手で休んでいると、そこへ赤子ほどの大きさの人形が流れてきた。気のせいか、その目はじっと自分を見つめているように思えた。目の前を流れる時は目を左に寄せ、川下へ向かっては見上げる目であった。浮き具合からおそらく木製の人形なのであろうが、所々黒ずんでいてかなりの年代物のように思えたが、はて大人なのか子どもなのか、男なのか女なのか、分別できぬ人形であった。ただ顔、特に目が妙に脳裏に焼き付いた。

六日後、ある海岸を歩いていた。川口近くで、半ば岩、半ば砂地の浜である。薄くなった草鞋を通して踏む小石の感覚はチクチクと愛犬に甘噛みされているようで心地よく、そこへ長い波が寄ってきて足を洗われるのも爽快であった。

そこで僧は見た。浜に打ち上げられた赤子ほどの大きさの人形を。かの人形にまちがいないと直感した。泥に汚れ、手指が数本欠けていて、あちこちに窪みが出来ていた。それにあの目も抉り取られたかのように洞になっていた。それでもこれは先日川で見た人形に相違ないと思った。人形自身がそう語っていた。僧の助けを求めるかのように倒れていたから。

僧はこれも何かの縁であろうと、それを海に流して念仏を唱えた。人形は波間に浮き沈みを繰り返しながら沖へと遠のいて行った。沖は西の方角、沈みかけた夕日が空全体を薄紅色に染めていた。

それからまた六日経った。僧は風邪でも引いたか、少々熱っぽいからだをゆっくりと歩ませていた。もうすぐ紅葉になりかけようという秋だが、その日は強い日射しで、しばらく歩くと身体中汗ばんだ。辻の角に地蔵が祭ってあった。そこへ屈んでよく見ると、地蔵の後ろに凭れるようにして人形が置かれていた。一瞬僧の背に凄まじい寒気が走った。が、一念「南無阿弥陀仏」その人形を取り上げて見た。失った手指、全身の窪み、そして検校のような目・・・疑いなくかの人形である。誰がこれを・・・いや、こやつが自ら来たのであろう。

その時、洞の目の中に怪しい光を僧は見た。邪悪な光であった。怨念のこもった光であった。

「南無阿弥陀仏、南無阿弥陀仏・・・」

念仏を嘲笑うかのようにその眼光が煌めいた。それは灯火に纏わりつく蛾よりも執念深く、夏の雑草のように刈っても刈っても伸びてくる悪意の逞しさを持っていた。

「カーッ」と一喝。僧はその人形を石に打ちつけた。

カツーーンと一響、人形は案外脆く五体バラバラに散った。僧はそれらを集めて丁寧に布で包んで、地蔵脇の土中に埋めた。

六日後、修行僧の屍が川に浮いていた。

第20話　「イヌとネコ」

ぽかぽか陽気のある午後、とある大都市周辺の住宅地にて。

イヌ：おい、そこの塀の上で寝そべっている猫。お前はそうして無意味な毎日を送っていて恥ずかしくないのか。
ネコ：何よ、うるさいわね。あんたたち犬こそ、そうやって人間におべっかばかり使って、動物仲間の面汚しじゃない。
イヌ：何を言う。俺たちは色々と人間の役に立って生きている。つまりは世のために働いて生きているのだ。盲導犬や警察犬など我らの誇りだ。それに比べてお前ら猫どもは全く何の役にも立っていない。「猫の手も借りたい」と言うけれど、そんな手、屁の突っ張りにもなりゃしない。
ネコ：おバカさんね。人間はね、この手を眺めるだけで癒されるのよ。猫の手は魔法の手なのよ。じっとしているだけで人を幸せにできるのよ。あんたたちこそ、いつもそんなにせかせかしていて何が楽しいの？　犬は貧乏性なのね。
イヌ：ふん、お前みたいに一日中ぐうたらしていて何になる。生きているという実感がないだろう。一生のうち一つでも何か役に立ちたいとは思わんのか。
ネコ：それを言うなら、わたしは何もしないことに毎日全力をあげているってことになるわね。わたしが何か役に立とうなどと躍起になったら、きっと人間は猫には目もくれなくなるわよ。何もしないことで人の役に立ってるってわけ。・・・あんたにはわかんないわね。
イヌ：こいつ、屁理屈をぬかしやがる。
ネコ：ついでに教えておいてあげるわ。本当に重要なもの、高貴なものというのは何もしないの。動かないのよ。芸術品は動かない。「モナリザ」は手を組んでじっとしているし、「考える人」はただ座っているだけ。でもそれを見て人々は心が動かされるの。特に現代のように功利主義が大手を振っている時代だからこそ、猫特有の無駄の極みが意味をなすのよ。・・・あんたには難しすぎた？　ごめんあそばせ。
イヌ：バカ言え。本当に腹の立つ奴だな。お前らは口ばかりだ。からだを動かさずに口先だけで世の中を渡っていこうとする。お前たち猫こそこの不義理、不人情の時代の象徴そのものじゃないか。だいたいお前らは根気がないから何一つ長続きしない。元来そういう風に生まれついた愚かな種族なのだ。ただ単に歩くという単純動作でさえ一分も続かないではないか。一分どころか数歩ごとに立ち止まってはあちこち見回して、急に方向転換したりする。一貫性などこれっぽっちも持ち合わせていない。一貫性がないから論理的思考などできるわけがない。すべてが行き当たりばったりだ。猫が学習能力に欠けるのはそういうところに原因があるのだろう。
ネコ：それは一貫性がないのじゃなくて、柔軟性に富んでいるって言うのよ。あんたたち犬こそ頭が固いというか、単細胞的動物じゃない。
イヌ：何だと！　俺たちは色々な芸ができる。芸と言えば聞こえがよくないが、要するに学習能力に長けているということだ。訓練を積めばたいていのことなら覚えられる。しかしお前ら猫どもは根気がないから何一つ覚えられない。
ネコ：覚えられないのじゃないの、覚えないのよ。さっきも言ったように猫は何もしなくていいの。勝手気ままにふるまうからこそ人間が喜ぶのよ。あんたたちみたいに人間に尻尾振ってつまんない芸なんて、とてもじゃないけどやる気なんてないわ。・・・それにしても犬もかわいそうね。近年人間がバイオテクノロジーを使って色々な品種を作っているけど、特に犬なんて熊かと思うほど大きいのからわたしたち猫ほどしかない小っちゃいのやら、変ちくりんに脚の短いのやらいっぱい作られて。それにおかしな服まで着せられたりして・・・。見てて滑稽というより哀れね。
イヌ：こいつめ、嚙みちぎってやる！・・・おっと向こうでご主人様がお呼びだ。無駄な時を過ごしたもんだ。（と、走り去る）
ネコ：ふわ～。（と、ひと眠り）

第21話 「万華鏡」

幼稚園児のサッちゃんは只今万華鏡に夢中。五歳の誕生日におばあちゃんからプレゼントにもらった万華鏡。初めての体験にその夜は、いつもは瞼が重くなる10時を過ぎても目は爛々と輝き、魔法の筒の中を覗き続けるのでした。次々に変化する花模様、雪模様、満天の星模様、そして曼荼羅。

クルッと回すと、青空を背景にピンクが入れ乱れ、その桜の花びらの乱舞の中をトンビたちが自由奔放に飛び回っています。

「わたしも飛びたいな」

すると、サッちゃんの周りに花びらが集まってきて、それは次第に一枚の大きな絨毯となってサッちゃんを載せて、そのままふわりと軽く軽く浮き上がって飛んで行きました。

「おーい、ミッちゃん、ケイちゃん」

公園で遊んでいる友だちに声をかけたけれど、二人とも気がつきません。

「上だよ、上」

ミッちゃんが眩しそうに空を見上げましたが、カラスがクワックワッと鳴いたんだと思って、またすぐにケイちゃんと砂をかけ合いました。

クルッと回すと、辺り一面の銀世界。降りしきる雪が所々に集まって、色々な形の雪だるまを作っています。パンダが丸く胡坐をかいているのやら、巨大な三層重ねのデコレーションケーキやら、いつかニュースで見た西洋のお城やら、映画で見た恐竜やら、大好きなマンガのキャラクターやら・・・。サッちゃんは雪でできたジェットコースターに乗りました。カラフルな雪がキラキラ輝きながら周りを飛び回っています。その中をコースターが上下左右に回転しながら猛スピードで突き進んで行きます。サッちゃん自身が一片の雪となって、万華鏡の中をぐるぐる回っている感覚でした。

クルッと回すと、夜空の中。右も左も上も下も星、星、星・・・でいっぱい。地上で見るのと違って宇宙から眺めると、それぞれの星が大きさはもちろん色も微妙に違っているのがよくわかります。眩しく明滅する白い星、霞んだ白っぽい星、薄黄色い星、薄緑っぽい星、煌々と赤い星、ピンクに輝く星、吸い込まれそうな青い星、高貴な紫の星、もわっとしたグレーの星・・・

「あのピンクの星へ行ってみよう」

その星はピンクの雲ですっぽりと蔽われていて、雲は常にゆったりと流動していて、中に入ると暖かくて、でも爽やかで、とても安心してくつろげる気分になりました。そしていつもあちこちで、丁度雨粒ができるようにピンクの結晶が作られて、それが星の表面へと降りていくのでした。地表にはそんなピンクの粒が互いにくっつき合ったり離れたり、時には激しくぶつかり合ったりしています。よく見ると一粒一粒は少しずつ大きくなっていき、ある程度の大きさになると今度は次第に萎んでいって小さくなり、やがて粒が崩れてシューとジェリーのようにぐにょぐにょになって再び上昇してピンクの雲の中へ溶け込んでいくのでした。その時サッちゃんはまだ幼いのでよくわかりませんが、何か「いのち」というものを感じたのでした。

「サッちゃん、いつまで遊んでいるの」

突然魔法の筒が目から離され、そこにママの大きな顔がありました。

「早く寝ないと、朝起きられなくなるわよ」

サッちゃんはぼうっとしたまま布団に入りました。布団に入ると一直線に眠り込みました。

第22話　「親孝行」

死後の世界があるのかないのか、これればかりは実際に死んでみないとわからないし、わかってもそれを現世の人間に伝える術がないので、どうにもならない。しかし臨死体験をしたという報告も古今東西数多くある。無論その中にはいかがわしい作り話もたくさん混じっていようが、それでも信頼できる状況で報告されたケースも少なからずある。何よりそれらの報告には共通点がある。長いトンネルを抜けると光が射し、光に包まれて頗る心地よい世界が広がるという。そこで何か声なり衝撃がなければそのままその世界へ行ってしまっていただろう、と戻ってきた体験者たちは語る。中には先に逝った親族が迎えに来た、という人もいる。また、催眠療法中の患者が前世の記憶として、本人が知る筈もない数百年も前の、名前すらも知らない遠く離れた地に住んでいた人物のことを詳細に語ったという報告もある。

夢というのは、もちろん科学的には根拠のないものであるが、そういう未知の世界と現世との紐帯となる現象かもしれない。親しかった人がその死亡時刻に夢枕に立つ、というのもよく聞く話である。

先日近所に住む一人暮らしの八十五歳のじいさんが他界された。ふとしたことから顔見知りとなり、一緒に呑み屋の暖簾をくぐったこともあった。その時、

「儂は若い頃極道していて、そのせいで両親とも早く死なせてしまった。何一つしてやれなかったから、あの世に行ったらきっとその分親孝行するんだ」と涙ながらに語ったのを覚えている。じいさんはあの世の存在を信じていたわけだ。そして御両親とも会えて、共に過ごせると思い込んでいたのだ。こういう人に対して科学的説明を試みても意味

ないことだし、またそれは彼を不幸にすることになるだろう。

　本人が言った通り、若い頃はかなりの悪さをしたらしい。子どものない彼の葬式は、一人の親戚と私を含む近所の三人だけの小さなものだった。親戚の言うには、彼が起こしたトラブルに巻き込まれて彼の父親が死亡し、それがもとで病弱だった母親も追うように逝ったらしい。当の本人はそれから日本中を逃げるように転々とし、七十歳近くになってようやくこの地に落ち着いたということだ。トラブルの内容については初対面の私にはさほど詳しく話してくれなかったが、おおよその察しは付く。けれども私が出会った時は、一皮むけたような、毒気などまるで感じられないどこにでもいるような爺さんだった。

　さて、今思うとあれはじいさんが亡くなって丁度四十九日目の夜だった。私はブライアン・L・ワイスの「前世療法」という本を読んで寝床に就いたものだから、霊やら輪廻転生のことなどが頭の中をふつふつして半覚半睡の状態だったのだろう。正直なところ夢か現かよくわからないのだが、気が付くと枕元にじいさんが立っていた。そして恨めしそうに言うのだった。

「ダメだ。向こうに行ったらオヤジもオフクロも死んだ歳、四十そこそこのままだった。なのにオレは八十五のじじいだぜ。親孝行どころか『母さん』って呼ぶのも気が引けてなあ。逆に手を引いてもらったり、肩を揉んでもらったりしてな・・・。ああ、情けねえったらねえよ！」と号泣した。それからくどくどと泣きじゃくりながら愚痴った。

　幽霊に愚痴られてもどうしようもないので、私はただ黙って聞いていた。そのうち静かになったので見てみると、もうどこにもじいさんの姿はなかった。

　ともあれ、昔の人が「親孝行したい時には親はなし」と言ったのも、こうなることを知っていたのかも。

第23話「月」

三日月は美しくも凛々しい。鋭い。男の額にあれば刀傷、背中なら女の爪痕。

昔、ある山奥の池に幻の鯉が棲息していたという。一年に二三人しか目にする者がなかった。昼間は殆んど水底に潜んでいるらしく、真夜中になって時折水面近くを遊泳し、ごくたまに水面より跳ね上がる。一晩中見張っていても、うまく目撃できるのはよほどの幸運と言わねばなるまい。

まるで鱗の一枚一枚が玉虫の翅でできているかのように、月光の当たり具合によって金緑色に金紫色に淡緑色にと様々変化して見えるのだそうだ。もっとも水面から跳ね出たその一瞬を目にした者たちの話によるものだから、どこまで正しいのかわからないが。がしかし、その鯉がたぐい稀なる一尾であることは確かだ。

欲深いのが人間の業。そのうち夜中に小舟を出し、この鯉を捕えようとする者が出てきた。しかしそれを察知してか、鯉はおぼろげにもその姿を見せることはなかった。いくら釣り糸を垂れようが、まんまと喰いつくような阿呆ではなかった。こうして幾人かの挑戦もむなしく終わった。

そこへある日、赤毛の大柄の旅人がやって来た。日本語も充分でなかったが、村人の手振り身振りを添えた話から幻の鯉がいることを知った。すると大男は夜空から三日月を取って、それを釣り針にして池に垂れた。

半時間も経った頃、鯉が三日月を咥えてきらきらと七色に輝きながら水面に現れ、そのまま夜空に昇って行って天に達すると満月になった。

満月は丸いけれども、どう見ても球体には見えない。夜空に貼りつけられた円である。満月の下で柳がそよぐのは風のためではなく、その皓皓たる月光のせいである。葉が光に洗われてゆらゆらゆらめくのである。あまりにたくさん浴び過ぎた時、丁度シャンプーした髪を振るうように柳は全身を振るわす。すると光が散りばめられ、時にそれが重なると、遠くから眺めると幽霊が浮いているように見えるらしい。

朧月というのは、霞や靄が月を隠しているのではない。満月が湖に映る自分の全裸を見て恥ずかしくなって、霞や靄を一枚ずつ十二単にして纏っているのである。

十二単の満月が、じっと地上の生活を眺めていた。日光の下の地上は十年もすれば見違えるが、月光の下の地上は千年経とうと変わらない。まず目に入ったのが水や樹木の力強くかつ優しい営みであった。自由に流れ自在に伸びる力を羨ましく思った。続いてその合間にちらほらと、もっとよく見れば見るほど数が増え、その種類も個体数も並々ならぬ生命体に驚異を覚えた。光のかたまりである満月にしてみれば、動く固体というものをどうしても体感できなかった。中でも人間という種族の営みは毎夜見ていても飽きることがない。非常に合理的な生活をしていると思いきや、理解に苦しむほど非合理な行動をして自ら苦しんでいる。特に恋愛という肉体を伴った感情のやりとりが不思議でたまらない。

そこでついに満月は、ある夜一筋の月光に乗って地上に降り立った。場所はある山中の一本の竹の中…光を放った。

第24話　「里帰り」

お盆前の、とても蒸し暑い日だった。里帰りに山陰の田舎へ行くべく、わずか二両のローカル線に乗っていた。昼下がりという時間なので、それぞれの車両に四五人ずつしか乗っていなかった。前方の車両には、地元の人らしい野良着のような姿のおばあさんがひとり、強い日射しの中でうとうとと舟をこいでいる。手前の席には出来の悪そうな男子中学生が三人、運動クラブの帰りで疲れているのか、みんな同じ格好でスマホを位牌のように手にして、イヤホンをつけて聴いているのか、眠っているのか。・・・いかにも真夏の田舎電車の風景。

後ろの僕の乗っている車両には、小さな子を二人連れた母親が時々大声を出す子を叱りつけながら雑誌を読んでいる。その向かいには、いかにも病弱らしい細身の主人と、その付き添いで町の病院からの帰りといった奥さんの老夫婦が、前を見たままじっと座っている。

電車は蝉しぐれの中を掻き分けるように進んでいた。正に山の中で、このN駅とS駅の間が最も長い所である。カーブの多い道を十五分くらい走り続ける。車掌が後部から出て来て、会釈したり子連れの母親に話しかけたりしながら、運転室まで行って引き返して来た。僕は素通り。

その時突如ゴトンと揺れを感じた。しかし誰も気づいた様子はない。おばあさんと学生は眠ったまま、子どもたちははしゃぎ、母親は読書、老夫婦は固まったまま、車掌はぼうっと流れる景色を見ている。

丁度五年前のことだ。

あの日も蝉がけたたましく鳴いていた。

僕は関西の国立大学を受験したが、二年続けて不合格。それからワンルームマンションを借りて京都の予備校に通っていた。そして来年こそはと、春先までは殆んど寝食以外は勉強に費やしていた。

ところがゴールデンウイークのある日、加茂川の河原で見かけたひとりの女性（その時は正に天女に見えた）のために、僕は脱線してしまったのだ。勉強には集中できず、親からの仕送りの大半をデートとプレゼント代に充て、普段は一日一食の生活を送っていた。それでも心の半分は彼女への想いで満ち足りていた。

ところが夏休み前に知った。彼女は歳も本人の言っていたより三つも上で、すでにバツイチ、そして現在も複数の男性と付き合っているとのこと。

僕の成績は落ち、完全にやる気を失って、約束したお盆の帰省となった。両親に合わす顔がなかった。家のあるS駅に近づくにつれて忸怩たる思いと、自分に対する憤りで心臓が締め付けられる思いだった。

ついにN駅で降りてしまった。そして線路の中をとぼとぼと歩いていた。何を考えていたのか思い出せない。とにかく山中蝉がうるさくて耳を塞いで歩いていた。・・・そして丁度S駅までの中間地点辺りに来た時、ふと背後に何か迫ってくるものを感じた。振り返った瞬間、ゴトンと音を聞いたような気がしたが、真っ暗になった。

それから毎年この日に僕はこの電車に乗っている。誰も気が付かないけれども。

第25話　「夢」

人類が意識を持った時点から今日に至るまで、「夢」という現象は何とも不可解な、しかし興味尽きないものであろう。

フロイトによると、夢は幼児期の、特に性的な内容を含む抑圧された願望が象徴的に表されたものとする。アドラー（フロイトの弟子）によれば、夢は幼児期の性欲よりも権力に対する抑圧された願望の表れであるとされる。またユングは、夢はその人の未知なる未来を暗示することもあるし、同時に人類共通の神話的な意識も暗示すると言っている。

いずれにせよ脳が自由奔放に描き出した画像に対して科学的なメスなど入れようがなく、あくまで思索による推論でしかない。だから我々も自分の見た夢を好き勝手に楽しめばいいのであろう。

ここに幼いD君のある日の夢を紹介しよう。


僕は大人（と言ってもまだ十九歳）になっている。でもこの青二才という年頃にずっと憧れていた。各種の初体験が控えている時期だからだ。

さっそくアルコールを色々試してみたけど、ビールはただ苦いばかり。ウィスキーは強くて臭いを嗅いだだけで口に入れる気にもなれなかった。日本酒はとろっとした舌触りは心地よかったけれど、その後頭がぼうっとしてきたので二口目はやめた。要するに僕は酒類は向いていないことがよくわかった。期待が大きかっただけに些かがっかりした。けれども付き合いの上で全然呑めないのも何かと不都合だろう。これから少しずつ鍛えていこうと思う。

次にタバコ。うちに時々遊びに来るおじさんはいつも咥えタバコで器用にくるくる回しながらちゃんと話もできるので格好いいなと思っていたけれど、いざ吸ってみると一息で噎せてしまった。目もくらくらして吐き気までしてきた。タバコは体質的に絶対無理らしい。まあこれは世の中も禁煙ブームだし、実際からだに良くないらしいからあきらめよう。

と、そこへ三軒先の川村さんちの犬、ナチ黒が近寄ってきた。いつも僕を見ると吠え立て、追っかけられて噛まれたこともある。僕は一瞬ビビッてしまったけど、今の僕は大人なのだ。なめられてたまるものかと、射程距離までやって来るのを見計らって左廻し蹴り、見事に決まった。キャイーンと尻尾を垂れて逃げて行った。頗る爽快・・・ビールが飲めたらなあ。

すると川村さんちから、娘のヒカルちゃんが出てきた。ナチ黒がやられたので文句を言いに出てきたようだ。しかし僕の方へ近づくにつれてヒカルちゃんがだんだん大きくなって・・・つまり幼稚園児のからだのまま大きくなるのではなく、女の子として成長して・・・すばらしいプロポーションのレディになった。

それから場面は急展開で目まぐるしく変わった。僕とヒカルちゃんは一緒にテニスをし、夜はスポーツカーで海岸をドライブ。いつも車の助手席で流れゆく景色を眺めているだけだけど、こうして自分で運転すると征服感を味わえる。そのままホテルへ・・・。お互い初体験だから仕方ないけれど、どうもぎこちなくかみ合わない。告白すると僕は正常位が苦手らしい。眼前に彼女の顔がクローズアップされるとどうも息苦しくなる。そこでいわゆるワンワンスタイルでやると、これは調子良かった。とても満足した。何だか宙に浮いたような気分になって・・・

突然名前を呼ばれてDは目を覚ました。主人が散歩用のロープとビスケットを持って来たのだ。Dは尻尾をふりふり散歩にお供した。

第26話　「あるコンサートでの事件」

事件

それはあるオーケストラのコンサート中に起こった。老齢の指揮者F氏が、彼の得意とするドイツ古典音楽、なかんずくベートーヴェンの交響曲を振っている時であった。終楽章に入り、緊張感がひとしお高まりつつあった時、突然F氏が指揮台から崩れ落ちるようにして倒れてしまったのだ。一瞬の出来事にオーケストラも聴衆も凍りついた。が、次に起こったことは即座に理解できなかった。理解できないまま聴覚と視覚が進行していったのである。

それはあたかもリレー競走でのバトンタッチが如くスムーズに行われた。F氏が倒れるとほぼ同時にコンサートマスターのT氏が指揮台に立ち上がり、弓で指揮し始めたのである。殆んど間隙はなかった。F氏による迫力と感動がそのままT氏によって当意即妙に受け継がれ流れていったのである。

その光景は確かに異様であった。指揮者とオーケストラが渾身の力でベートーヴェンを奏でるその脇で人が一人倒れている。そして聴衆は皆一心にその音楽に聴き入っているのであった。

数分後、いよいよコーダに入りクライマックスを迎えて最後の一音が雷鳴のように打ち鳴らされると、その音量に劣らぬ拍手が沸き起こった。しかしそれは一瞬で已んでしまった。皆同時に現実に戻ったのである。舞台袖より関係者が数人走り寄り、F氏を担ぎ出した。舞台の上も客席も異様な雰囲気に包まれていた。わけのわからぬ事件が目の前で展開し、しかも各人がそれを目撃しただけではなく、それに加担していたと感じていた。

F氏は即座に病院に搬送されたが、数時間後に他界した。死因は脳卒中。

T氏の証言

はい、正直なところよく覚えていないんです。無意識のうちに自然に・・・というかF氏に導かれたかのような感覚でした。そうです、いつもF氏の目を合図に演奏しているのですが、あの瞬間も同じようにF氏の目が私に、立って指揮をしろと命じたように感じたのでしょう。それからのことは・・・つまり指揮をしていた時のことは全く記憶にありません。・・・そう、曲に没頭していたんだと思います。

そうですね、私がこの楽団のコンマス（コンサートマスター）を務めてもう四年近くなりますね。しかしそれ以前からF氏の下で何度も演奏した経験がありますし、F氏は私にとって絶対的な存在でした。演奏を通じて非常に多くを学びました。音楽の本質を感得できたのもF氏のお陰です。・・・その通り、まさに神のような存在でした。

はい、少人数編成のオーケストラなどで何回か指揮した経験はあります。けっこう冷静に流れを眺められて・・・なかなか楽しいものです。しかしあの時は違いました。本当に記憶にないのです。えっ？・・・F氏が乗り移ったと言うんですか（笑）。・・・うん、でも今思えば実際そんな感じだったのかもしれませんね。

はい、確かにあの時即座に演奏を中止して直ちに病院へ搬送していたら、少なくとも命だけは救えたかもしれません。そのことで咎められても私は異議を申し立てる気はありません。罪とされるなら、それに服従いたします。しかし音楽家としての私は、あの演奏を中断することはできなかったのです。あれはまさに一期一会の名演、中断など芸術家として許されぬことだと思います。その意味で私は後悔しておりません。人事の規範と芸術の感興とは別の領域のものだと思っております。

F氏の演奏でなかったら、あの事件は起こらなかったと思います。

第27話　「共感」

K氏が自分の「共感」を殺害した経緯は以下の通りである。

K氏はある大会社の人事部係長。40代半ば、高一の娘と中二の息子を持つ。夫婦仲は結婚して二十年経過した平均的な日本人夫婦のそれに3ポイントほどマイナスした程度であろう。その3ポイント分というのは仕事の多忙さゆえ殆んど会話する時間すら持てないところによる。娘と話したのは、はて十日前だったか二週間前だったか・・・といった具合である。

実際多忙であった。色々な要因から会社の経営が思うように運ばず、そのしわ寄せが自ずと人事部へと流れ着く。即ちリストラ、社員の解雇という結論に至るわけである。その折衝の役、というよりも宣告使というのがK氏である。言うまでもなく素直に承諾する社員などいない。次第に顔が赤らんできて、ある時点で噴火、大声で罵り始めるK氏よりずっと年上の古参の社員たち。だがある意味、そうして怒りをぶつけてくる方がまだ楽であった。最後には椅子を蹴り飛ばして、彼らの方から出ていくからである。

厄介なのは、これもよくあるケースなのだが、泣き言を浴びせてくる者たちだ。罵言と違って、ついその泣き言の内容を聞いてしまう。聞いているうちにK氏の「共感」が、相手の味方に立ったようなことをK氏の耳に囁き始める。そのうちにまるで自分が非情な文字通りの「首切り人」のように思えてきて、いたたまれなくなってしまう。そしてお茶を濁すようなことを言って自分から退散する結果となる。こういう相手とは二三日後再会しても同じパターンの繰り返しとなるだけである。

胃が激しく痛んだ。明らかにストレスによるものであろう。会社に行く足がどうしても鈍る。すると「共感」が脇に立って叱るように言う。

「しっかりするんだ。お前が倒れたらあの哀れな社員たちはどうなるんだ。話をよく聞いて、それを社長に伝えて、何とか少しでも条件を良い方向へ進めてやらないとだめじゃないか」

日に日に「共感」の存在がうっとうしくなってきた。こいつが仕事の進行を妨げ、そして俺の身体を蝕んでいる元凶である、と思い始めた。その思いは次第に確信へと変わり、確信は結論を導いた。即ち邪魔者は抹消すること。

その日曜日、K氏は「共感」をガレージ奥に続く地下室へと連れていった。そこは八畳くらいのコンクリート造りの部屋で、以前趣味の日曜大工をしていた時の道具や、故障した電化製品などが置かれていた。K氏は道具箱からスパナを取り出し、「共感」の後頭部を一撃。古雑巾で猿ぐつわをし、ロープで手足を縛った。しかしそんな必要もなくスパナの一発で即死していたのだが。

翌日からK氏の仕事は捗った。怒鳴る相手も泣きじゃくる相手も、K氏のガラス玉のような目を見ていると冷水を浴びせられたように気力が失せ、背中に薄ら寒いものを感じてくるのであった。そしてK氏の抑揚のない声で「この条件を受けるしかないのです」と宣告されると、操られたかのように承諾してしまうのであった。人事部長からはその手腕を褒められたが、K氏はガラスの目で黙礼を返すだけであった。

一段落ついて数か月ぶりに地下室に入った。古い冷蔵庫や脚の折れたソファに並んで「共感」が箒のようになって朽ち倒れていた。

「久々に日曜大工でもやってみるか」

第28話　「犠牲者」

　心理カウンセラーの仕事を始めてもう久しい。実に様々なクライアントと出会ってきた。統合失調症だの神経症、人格障害、アスペルガー・・・などと名称をつけて分類しているが、実際のところはクライアントの数だけ病名があると言っても過言ではない。即ち症状に応じた対処法など存在するものではなく、各クライアントとの面会を重ねるうちに改善していくしかないように思われる。こちらが入れ込み過ぎたら相手が引いてしまうか、もしくはこちらが自滅することになるやもしれない。逆になおざりに接したら相手は敏感に気づいて遠ざかっていくことになる。かといって中途半端じゃ何の役にも立たない。何年やっても難しい。・・・そこに面白さもあるのだけれども。
　さて、近頃面会したクライアントの中に一人特筆すべきケースがあったので、ここに記しておきたい。言うまでもなく仮名である。21歳大学生、Yとしておく。

私：この一週間、何かありましたか。（毎回決まってこう切り出す）
Y：・・・ええ、まあ。
私：どんなことかな。
Y：先生、この間の事件、どう思います。
私：この間の？・・・ああ、霞ヶ関での爆破テロのことですか。
Y：そう。・・・僕はあれで人を一人殺したんです。（微笑を浮かべる）
私：どういうこと。あのテロの犯人が君だと言うの。
Y：まさか。あれはきっと某国の仕業でしょう。先生もそんなことわかっているでしょう。
私：さあ、私にはよくわからないね。で、君が人を殺したというのはどういうことなのかな。
Y：あの事件で26人が死亡、１００人近くが重軽傷・・・でしたよね。その犠牲者の一人にNという大学生がいたでしょう。
私：N？　いや、覚えてないね、ごめん。そのNさんがどうしたの。
Y：Nがしたんじゃなくて、僕がNを殺したんです。
私：よくわからない。詳しく話してもらえるかな。
Y：インターネットですよ。
私：？（ここは黙って、Yに自発的に話させようと思った）
Y：インターネットでね・・・僕、ハッカー並みの腕ですよ。だから自閉症になったのか、自閉症だからそうなったのか（笑）。
私：・・・
Y：ある日、妙なブログを見つけてね。こりゃ何かの暗号だとピンときた。それで・・・けっこう夢中になりました。解読までに半日かかりましたよ。何だと思います。
私：さあ？
Y：某国の、まさにテロの連絡方法だったんです。それで僕は知ったんです。あの日あの時間にあの場所で大爆発が起こることを。
私：（沈黙。この瞬間にYの意図を感じ取ったが、敢えて黙った）
Y：そう。僕はそれを利用した。Nをあの時間、あの場所へ呼び出したんです。
私：N君と君とはどういう関係なの。
Y：中学校の同級生です。ずっとあいつにいじめられてました。高校も同じでしたし。大学は違いますが、半年に一度くらい呼び出されて金をせびられていました。・・・いつか殺してやろうと思っていました。それで丁度またあいつの方から連絡があったので、僕は例の場所を指定したんです。
私：・・・それは本当の話なのかね。
Y：もちろん。でも先生には守秘義務がある。それに仮に警察に知らせたところで何の証拠もないですからね。Nは偶々その時その場所に居合わせた不運な犠牲者なんですよ。

第29話　「闇バイト」

北浦幹夫が逮捕されるまでの経緯を簡略に、その心境を中心に記しておく。

そもそもその「闇バイト」に加わるまで、それがいわゆる「闇」であることも知らず、ただ金欲しさに応募したまでのことだった。それに先立つ一年近く前から、彼は零落の一途をたどっていた。コロナ禍で勤めていた会社が倒産し、フリーターとしての毎日を過ごしていたが、それでも心の支えとなる彼女Mがいて、いずれは一緒になるつもりでいた。ところが突如Mから絶交を言い渡されて、一月も経たぬ間にMはとある資産家の後妻となったと聞かされた。

それまではむしろ気弱な目立たぬ青年であった幹夫も、このあたりから酒量も増え、それとともに思考も短絡的になり、実生活においても次々とアルバイトを替え、時には丸一週間ぶらぶらと日々を潰すこともあった。頭の中は一日を暮らすことのみ、将来どころか明日のことも殆んど念頭にない毎日であった。27歳の誕生日を迎える頃である。

しばらくあぶれていた頃、ふとしたきっかけでその情報を得た。一日一仕事で八万円・・・食指が動かぬ筈がない。面接?のような機会が三回（毎回相手が違っていた）あり、四回目（申し込んでから丁度十日後）に案内人と称するアシと二人の仲間キスとマタを紹介された。その時幹夫はキミと呼ばれた。北浦のキと幹夫のミ、ということらしい。あとの二人も同様の呼び名なのだろう。キスはこの種の仕事四回目で今回のリーダー、マタは二回目、幹夫（キミ）は初仕事なのでいわゆる見張り役を命じられた。

仕事は単純。夕暮れ時にとある郊外の邸宅に押し入り、留守なら金目の物をごっそり頂戴し、もし人がいたら縛り上げてから奪い取る。前もって調べがついているようで、目標の住宅地は昼間留守宅が多いらしく、居ても老夫婦が多いとのこと。そして二人が実行している間、幹夫は玄関で見張っていればよかったのである。・・・この具体的な話を聞いて初めてこれが「闇バイト」であることを知ったが、もう抜け出せる状況ではなかった。

当日、住宅地の晩秋の5時はもう暗く、人通りもほとんどない。隣の空き地に車を止め、目指す邸宅に入る。キスが簡単に玄関の鍵を外したが、一体どうやったのだろう。幹夫はドアを少し開けた状態にして、そのまま玄関に待機。キスとマタが忍び足で奥へと進んでいった。

間もなく女の悲鳴が聞こえ、何か落ちるような音がしたかと思うと奥から若い女が一目散に玄関に向かってきた。幹夫は手筈通り女を制した。その瞬間、幹夫の脳に文字通り電撃が走った。その女はこともあろうか元彼女のMだったのだ。少し腹が膨らんでいた。即座にMの首を掴み、口を塞いだ。Mは幹夫を見たが、三人とも目だけ出した覆面をしている。幹夫だとわかる筈がない。

Mが幹夫の指を噛んだ瞬間、幹夫の手は拳となってMの顎を打ち抜いた。Mは頭を下駄箱の角にぶつけて倒れた。その時花瓶が落ちるのを幹夫が咄嗟に受け止め、それをMの顔面へ思い切り打ちつけた。鈍い音と同時に血しぶきが飛んだ。奥から出てきたキスもマタもその光景に肝を潰したようで、三人とも無言のまま邸宅を飛び出した。

翌日三人は逮捕された。強盗殺人事件ということで捜査も迅速だったのだろう。幹夫はあの狭い玄関の空間、ほんの一分程の時間の中での自分の行動に納得いく説明が自分自身でもできなかった。Mと認識した瞬間に心奥に潜んでいたものが思考もろとも吹き飛ばしてしまって、勝手に手が動いたとしか思えなかったのだ。

第30話　「左手」

ある海岸に左手が流れ着いた。正確には指先から手首までである。拾ったのは五歳の女の子。泥や海藻がたくさんくっついてぬるぬるしていたので、ねずみの死骸でも運ぶように指先でつまんで家に持ち帰った。女の子はまだそれが手だとはわかっていなかったのかもしれない。それをその姉が見つけて、お風呂の残り湯で洗い流し、スポンジできれいに磨き上げると、優美な左手が現れた。

お母さんは「これはきっとどこかの貴族の手よ」と言い、お父さんは「いやいや、こんなきれいな手はモデルに違いない」と言った。近所の人も集まってきて、「これは男性の手だ。多分ピアニストの手だ。こんな手が弾いているのを一度テレビで見たことがある」だとか「外科医の手だろう。この手は器用に何人もの患者を縫ってきたに違いない」だとか、やれ「リルケのような詩人の手だ」「彫金師のものだ」「手品師だ」・・・と憶測が飛び交った。そこで村の神社に安置することにした。

するとどうしたことか、その後この村に幸運が続いたのであった。村の生業とする漁業がまいにち豊漁となり、片隅の畑の作物もすくすくと育ってきた。それに自治体からの報告で、山の幾つかを削って新しい住宅地にすることが決定したという。そうなれば賑やかになるにちがいなく、色々な商売も始められるだろう、というわけだ。

ある日、「左手」が神社から忽然と消えた。みんな大騒ぎしたが、三日後外れに住むおかみさんがしっかりした木箱に納めて返しに来た。

「盗んだのは悪かったけど、このおかげでおじいちゃんが治っちゃったんだよ。本当だよ。癌がきれいになくなっちゃったんだ」

そこへ当のじいさんがひょこひょこやって来て
「どうもすんませんでしたな、みなさん。ほれ、この通り元気になりました。ヒャヒャヒャ」

と快活に笑ったので、そこにいた村人たちは競って「左手」を奪い合い、持ち帰っていった。

　そうして縁談が纏まったとか、失くしたネックレスが出てきたとか、女房が懐妊したとか、毎日のように目出度い話が持ち上がった。

　こうして「左手」は神社の台座に鎮座した。願い事をしているとその背後に光輪が見えたという者もあった。


　ところが猛暑となった夏のこと。超大型の台風が直撃し、神社の瓦も大半吹き飛ばされた。当然崩壊した家屋も数軒、五人の死者が出た。これを機に村では災厄が続き出した。不漁が続き、火事やら食中毒の流行、老人たちの急死、流産、漁船の転覆事故などが相次いだ。

　それでも当初はまだ「左手」の御加護を願って神社で祈禱したのだが、その夜中に神主が発狂するという大惨事が起きた。神主は左手に「左手」を、右手に鉈を持って、寝静まった村人の家々に侵入して斬りまくったのである。三人が即死、十人余りが重軽傷を負った。その後神主は自ら首を搔き切った。

「何もかもあの手のせいに違いない」

「とんだ疫病神だったんだ」

「悪魔の手だ」

村人たちは口々に罵った。

　そして「左手」は布袋の中へ重しの石とともに押し込められ、沖へ出て船から投げ捨てられた。

第31話　「入眠幻覚」

精神医学事典によると「入眠時には覚醒水準が低下していくにつれて、覚醒時の思考の秩序が次第に失われ、思考は半自動的になり、思考、知覚、表象などは関連を失って・・・（中略）・・・観念は映像化しやすく、健康者にも入眠幻覚が生じることがある」とある。

その明け方、屋外と室内の温度差から生じた「誘い風」に煽られて、私のからだはスーッと宙に浮かびあがり、そのまま横滑りに進んでいった。このまま行くと・・・予想通り仏壇の前まで来ると、お決まりのギシーッという音がして観音開きが開き、私のからだは頭から中へ入っていった。なんだか胴体切断のマジックショーでも始まるかのような心許ない気分。

中はタイムトンネルのようにずっと深く（この辺が覚醒と夢との境目あたりで、変だと思いながらも入っていく）、からだはどんどん奥へと進んでいく。このまま行けば泉下に沈んでしまうのではないかと思ったけれども、苦痛もなく他界できるのもラッキーではないかという気がしないでもない。

無辺に広がりを感じる闇の中で、やがてほんのりと提灯の灯りほどの光が見えてきた。まずは三途の川かな。とすると次には婆さんか鬼が登場するのかと思いきや、出てきたのはつるつるくりくりのぷよぷよした玉子型の生物らしきものだった。・・・咄嗟に私はそれが獏だと気づいた。ただ玉子型というのが意外だった。すると私の心を読み取ったのか（獏はそれが得意のようだ）語りかけてきた。

「物の起源はすべて卵の形をしとるんじゃよ。何でも生成するものの元の形は卵型。植物の種だって、動物の卵は言うまでもなく、人間の精子だってそうじゃろ」

ここで私は精子にはひょろっとした尻尾が付いていたように思ったが、敢えて反論しなかった。

　貘は続ける。

「夢も同じ。夢が膨らむ前の形は玉子型。従って儂も玉子型」

と言って爺くさい笑い方をしたが、私はここで大きな疑問を感じたので訊いてみた。

「貘というのは夢の元型ではなくて、夢を食べるんじゃないの」

すると貘は少しムッとした様子を示したけれども、穏やかに返答した。

「それは人間が勝手に考えたこと。だって儂が夢を食べちゃえば、目が覚めても夢というもの自体が残らんのだから、その夢を食べる貘なる存在も想像しようもなくなるではないか。・・・叶えられないことが夢に現れ、夢で見たことを実現しようと夢見る。つまり夢がなければ夢は存在しない。端的に言えばこの世はすべて夢じゃということよ」

　私は今もってよくわからない。ただ近頃、貘のお説教の真意とはほど遠いと思うけれども、何となく、夢は見ている時が一番。同様に欲しいものは願っている時が一番、手に入れてしまえば心が空ろになるだけのような気もする。そいう夢状態が人間にとって一番の幸福なのではないか。

　またこうも思う。現実での判断と夢の中での判断とどちらが正しいのだろう。意識して考えたことと無意識で感じたこと、どちらが正解なんだろう。夢の印象で人を判断したりすれば、笑われたり叱られたりするかもしれない。しかし現実の判断だってうまく騙されているのかもしれないではないか。物品やお金が絡んだりしたら余計に怪しくなるのでは？

　現実に戻って目が覚めた。どんよりと曇った朝だった。枕元に香炉灰が落ちていた。

第32話　「空中浮遊」

今回が最終回なので、私の細やかな秘密を一つ披露しよう。

最初の体験は、まだ幼稚園に行く前の頃だったと思う。物干し台で考え事・・・でもあるまい、春の日差しを受けてぼうっと膝を抱えて座り込んでいたのであろう。その時何かの拍子にふっとからだが宙に浮いたのである。ほんの一瞬、おそらく一秒もなかったように思うのだが、確かにそれまでにない体感を味わった。まちがいなく一瞬であろうとも宙に停止したのである。それから夕方まで、今一度と何回も試みたのだが成功しなかった。母に告げたと思うのだが、どう返答されたか覚えていない。ただ笑っていただけかもしれない。

その後しばらく膝の合わせ具合、抱える腕の位置、力の入れようなど色々と試行錯誤してみたがうまくいかず、小学校へ上がって他の友達と遊ぶようになってから自ずと「浮遊」は忘れ去られていった。

ところが高校三年の時、特に絵画に興味があったわけでもないのに、偶々「ゴヤの大版画展」という展覧会に出かけたのだった。誰からかチケットをもらったかして暇にまかせて出向いたのかもしれない。・・・白と黒だけの単調な世界で、描かれているのは人殺しや悪魔や化け物など陰惨酸鼻なものばかり。その中に一枚見つけたのだ。魔女だか何なのかよくわからないが、女が三四人膝を抱えた姿勢で空中浮遊している絵だった。その刹那に記憶が蘇って、思わず「アッ」と叫んでしまった。まちがいなかったんだ。本当だったんだ。・・・飛べるんだ。

それから再度「浮遊」に挑戦し始めた。ゴヤの絵を参考に体勢を真似て、手の組み方など色々試してみたがダメだった。どうも幼い頃のイメージとちがう。ゴヤの絵のはからだを折りたたむように深く曲げて腕で固定するような格好だが、自分の記憶ではもっと浅く、手も足首の近くを掴んでいたような気がした。・・・結論、これは人によって異なるものである。ゴヤはきっとあの絵の姿勢で浮いたのだろう。他にも多少違った姿勢で成功した人間が何人かいたにちがいない。そこで自分の形を見い出すべく、暇を見つけては練習した。

ついに成功したのは大学に入った年だった。信州の霧ケ峰を一人のんびりと山歩きしていて、見晴らしの良い小高い所で休憩を取っていた時だった。無意識に「浮遊」の体勢で座っていて、立ち上がろうと爪先の方へそっと体重を移した瞬間だった。自然にからだがふわっと浮いて、そのまま風にあおられて数十センチ前方へ流されて着地した。程よく疲れていて力まずに構えられたのが良かったのだろう。妙なもので殊更歓声を上げるでもなく、即座に練習に取り掛かっていた。

そうして半時間ほどでなんとかコツをつかむことが出来た。成功率8割近くまでになった。要は（自分の場合は）腿とふくらはぎをぴったりくっつけて、胸と腿は60度くらいの角度を保ち、足首のところで手のひらを足の甲につけるように組む。そしてゆっくりと前傾していき、自然に体重が爪先に集中した瞬間に斜め上へ蹴り上げることである。実はこの蹴り上げるタイミングと力の入れ具合が一番難しいところなのだが、これは練習を重ねてからだで覚えるしかない。・・・今では膝くらいの高さで5秒くらい、距離にして2メートルくらい浮遊できる。

さて、これまでにどれくらいの人間が浮いたのだろうか。残念ながらゴヤ以外に知らない。しかし現在でも世界中には最低10人くらいは生存していると思っている。ただ誰も公表しないだけなのだ。ゴヤも絵に描いただけで、自分が飛べたとは記していない。そうなのだ。自分もそうなのだが、浮いた時から何か心の内でこれは他言してはならないという意識が、まるで神の啓示を受けたかの如く固く蟠踞しているのである。おそらく他の人もそうなのにちがいない。けれども、これは密かな期待なのだが、もし同士が「連れ浮遊」すれば、より高く、より速く飛べるのではないかという気もするのだ。それで敢えてここに公表してしまったわけだが・・・さて、どうなることやら。

あとがき

この本に収められている『名曲奇譚』『超短奇譚』二編ともヌース出版Ｗｅｂ哲学誌『ロゴスドン』に毎月一回掲載されたものである。哲学誌に小説、しかも奇譚集という禅道場でブレイクダンスを踊るようなまねを許されたのも、同誌編集長の宮本氏の御海容のおかげである。

『名曲奇譚』はいずれも短編ながらも数回にわたる作品もあって、一回に制限のある枚数でひと月置くのは書きづらいところがあった。連結部に幾分なりとも違和感が生じたとすれば、それはひとえに作者の技量不足によるもの、ご容赦頂きたい。

「ヴァイオリン協奏曲第八番」のパガニーニについては、昔から一度小説にしてみたいと考えていた。容姿風貌からヴァイオリンを手にする姿が最も似合っていて、最も悪魔に近い存在と思っていた。そういう思いから考えたストーリーである。

「コリオラン序曲」は10分ほどの曲でありながら、このシリーズでは一番長い一編となった。推理小説風に仕上げようと試みたわけだが、肝心のトリックが偶然性に頼るという、本格推理ファンからは大叱責されそうなものとなった。それにＬＰレコードやテープといった時代背景を現代の若い人たちが了解できるかどうか・・・。

あとがき

『超短奇譚』は当初から一回完結のつもりで企画した短編集である。32編振り返ってみると「月光桜」「月」と、月そのものを主題としたものの他にも月が関与する作品がいくつかある。古今東西月には不思議な魅力があり、その光、引力など人体及び心に多大な影響を与えている。奇譚の通奏低音となるのもむべなるかな。

「備前の窯」は以前30枚くらいの小説を書いてみたのだがどうも落ち着きが悪く、思い切って今回4枚の『超短』に仕上げてみた。削り過ぎてグロテスクな部分だけ強調された感が無きにしも非ず。

「プレデターの就職」は上方落語風の気楽なノリで読んで頂ければと思う。プレデターという凶暴な生物が大阪のハローワークで職探ししていたら、という突飛な思いつきから生まれた作品である。

32編の中にも当然ながら作者自身が好き嫌い、満足不満足の出来の作品がある。そんな中で「山小屋にて」は気に入っている一編である。というのは、もちろん実体験ではないけれども、山小屋でのあいう状況に頗る恐怖を覚えるからである。

『時空探訪・奇譚集』のタイトル通り（ちなみにこのタイトルは宮本氏による）、寸時でも日常を離れて「奇」を楽しんで頂ければ作者として幸甚である。

宮本氏には編集等色々とお世話になりました。改めて感謝いたします。

鈴木康央

著者紹介

鈴木 康央（すずき やすおう）

1955 年大阪生まれ

信州大学人文学部心理学科卒

著書『北の人　グレン・グールド』（鳥影社）

『フルトヴェングラーとハーケンクロイツ』（鳥影社）

『ぐーるど先生の怪異譚』（鳥影社）

『甦った三島由紀夫』（ヌース出版）

時空探訪・奇譚集

2024 年 10 月 8 日　初版発行

著　者　鈴木康央

発行者　宮本明浩

発行所　株式会社ヌース出版

（本　社）　東京都港区南青山２丁目２番１５号　ウィン青山 942

電話　03-6403-9781　　URL http://www.nu-su.com

（編集部）　山口県岩国市横山２丁目２番１６号

電話　0827-35-4012　　FAX　0827-35-4013

ISBN978-4-902462-32-6